Der WitweRmacher

Danksagung

Der Autor bedankt sich herzlich für das Vertrauen und Entgegenkommen der Familie Schepergerdes. Ihr Hotel ist eine Inspiration und ein schöner Schauplatz für diesen Roman. Zudem geht der Dank an die Testleser für die schöne Zusammenarbeit und die wertvollen Tipps.

Die Personen in diesem Roman sind frei erfunden und eventuelle Ähnlichkeiten rein zufällig und nicht gewollt. Das Hotel am Wasserfall in Lingen existiert, und der Autor empfiehlt es gern weiter. Dem aufmerksamen Leser wird vielleicht auffallen, dass die Beschreibung der räumlichen Begebenheiten ein wenig vom Original abweicht, der Autor bittet dieses zu verzeihen.

Frank Albers

Der WitweRmacher

Krimi

Für meine Frau Doris

Romanfiguren

Hauptkommissar Bernd Upmann
Fünfzigjähriger Ermittler, der am liebsten alleine arbeitet. Verbeißt sich in seine Fälle und löst diese oft auf seine eigene Art. Hünenhafte Figur mit ausgeprägtem Bauchansatz. Er liebt Fleischgerichte und sein Feierabendbier. Spitzname: Bulle. Er hat stark daran zu knabbern, dass ihn seine zweite Ehefrau Anne für einen reichen Mann verlassen hat.

Inspektor Charles Henry Beaufort II.
Ehrgeiziger junger Polizist, der es schon sehr früh zum Inspektor gebracht hat. Stammt aus einer reichen Familie, zu der er jedoch kaum noch Kontakt hat. Beherrscht vier Sprachen - darunter das Deutsche - perfekt in Wort und Schrift. Gute Kleidung und viel Sport sind selbstverständlich. Kennt sich mit Waffen aus und ist ein hervorragender Schütze.

Polizeikommissarin Maja Brand
Frisch von der Polizeischule wird sie dem Hauptkommissar an die Seite gestellt. Eine große Herausforderung für beide Seiten! Maja ist sehr selbstbewusst und weiß sich durchzusetzen. Ihr fabelhaftes Aussehen hilft dabei und sie scheut sich nicht, diesen Trumpf einzusetzen, um an ihr Ziel zu gelangen.

Dezernatsleiter Achim Krause
Hat gemeinsam mit Upmann bei der Polizei angefangen und ist seit vielen Jahren ein enger Wegbegleiter. Er hält große Stücke auf seinen Kollegen und hat ihn schon oft vor großem Ärger bewahrt.

Rechtsmediziner Dr. Michael Klauswert
Der etwas andere Mediziner, der dafür sorgt, dass seine „Patienten" genau unter die Lupe genommen werden.

Den meisten Besuchern wird übel, bei dem Gedanken, die Rechtsmedizin aufzusuchen. In seinem Fall brauchen diese Gehörschutz, da er seine Untersuchungen unter dröhnender Technomusik durchführt.

Klaus-Dieter Bartzig

Junggeselle und ein Computerfreak, wie er im Buche steht. Verlässt seine Wohnung nur für Einkäufe. Hauptkommissar Upmann hat ihm mal aus der Patsche geholfen und seitdem sind die beiden befreundet. Sein größter Traum: IT-Mitarbeiter bei der Polizei. Liebt Fantasyrollenspiele über alles. Spitzname: Hüter des Archives.

Der unbekannte Killer - Alias Joachim Hausberg

Alias Martin Merten
Alias Axel Schwarm
Auftragskiller, der in der obersten Liga mitspielt. Es gibt nichts über ihn in den Datenbanken. Niemand hat ihn jemals zu Gesicht bekommen, nur eines ist sicher - er ist absolut tödlich!

Stefan Michalske

Baggerfahrer in einem Tiefbauunternehmen. Tatverdächtiger in diesem Fall

Mirko von Lohe

Immobilienunternehmer mit Firmensitz in Meppen. Verheiratet. Ziemlich dicke im Geschäft.

Ellen von Lohe

Ehefrau des Immobilienmaklers. Seit zehn Jahren seine Gattin.

Prolog - Royal Lancaster, Suite 212

Der Hotelmitarbeiter schob den Servicewagen über den roten Teppich und blieb vor Nummer 212 stehen. Aufmerksam sah er sich um, seine Mütze tief ins Gesicht gezogen. Es waren keine Hotelgäste auf dem Flur unterwegs. Ein Lächeln umspielte seine Lippen und er zog mit einer flüssigen Bewegung die Zugangskarte aus der Uniformtasche. Beides hatte er der Servicekraft abgenommen, die mit eingeschlagenem Schädel im Müllcontainer lag. ‚Der Mann hatte im Hotelkeller gestanden und eine Zigarette geraucht. Rauchen ist tödlich‘, dachte sich der Eindringling und lächelte wieder. Der Türöffner summte und blitzschnell betrat er das Zimmer. Sofort schloss er die Tür und zückte seine Pistole.

„Hallo, ist da jemand?“, erklang eine weibliche Stimme.

„Zimmerservice“, antwortete der Mann und hob seine Waffe.

In diesem Moment wurde die Tür des Badezimmers geöffnet und eine Frau, nur mit einem Handtuch bekleidet, betrat den Flur. Blankes Entsetzen spiegelte sich in ihren Augen, als sie den Mann sah und die Waffe in dessen Hand.

„Keinen Ton, Frau Kawinski", sagte dieser und trat auf sie zu.

„Woher kennen Sie meinen Namen?", stammelte sie. „Gehen Sie ins Schlafzimmer", befahl er und hielt ihr die Pistole an den Kopf. In Panik wich sie zurück und lief in den Nebenraum. Vor dem edlen Doppelbett blieb sie stehen. Das Handtuch löste sich und fiel auf den Boden. Tränen liefen ihr über das Gesicht.

„Was wollen Sie? Geld? Woher kennen Sie mich?", fragte sie mit verzweifelter Stimme.

„Leider haben wir keine Zeit, um uns kennenzulernen", sagte der Mann und genoss den Anblick der Frau, die nackt vor ihm stand. Sie hatte lange blonde Haare, die in Wellen über die Schultern fielen. Ihre Brüste waren prall und hatten trotz ihres Alters eine tolle Form. Der Bauch war flach und die Scham kurz rasiert. So liebte er es und seufzte. ‚Was für eine Verschwendung‘, dachte er sich und hob seine Pistole.

„Ihr Mann schickt mich, Frau Kawinski. Er lässt Ihnen Grüße ausrichten. Zurzeit befindet er sich auf den Malediven, mit seiner neuen Gefährtin."

„Ich verstehe nicht", flüsterte die Frau und sah ihm in die Augen.

„Das müssen Sie auch nicht", bekam sie zur Antwort und dann drückte er ab.

Mit einem leisen Plopp löste sich der Schuss und traf sie genau in die Stirn. In Zeitlupe kippte die Frau um und fiel mit dem Rücken auf das breite Bett. Der Mann trat näher heran, zielte auf die Brust und feuerte zwei weitere Schüsse ab.

Er steckte die Pistole in seine Jackentasche und zog ein Handy hervor. Er fotografierte die Frau, tippte eine Nachricht ins Telefon und drückte auf Senden. Kurze Zeit später vibrierte das Handy.

„Einladung zur Hochzeit erfolgt", las er mit leiser Stimme.

Zufrieden ließ er das Telefon in seine Tasche gleiten und verließ das Zimmer. Von außen hängte er das Schild „Bitte nicht stören" an die Klinke und schob dann mit dem Servicewagen zum Fahrstuhl. Im Kellergeschoss angekommen, steuerte er mit dem Wagen in den abgelegenen Teil des Geschosses. Hier lag der Hausmeisterraum, der sich mit der Universalkarte öffnen ließ. Dort zog er die Uniform aus und einen kleinen Beutel aus der Jeans, die er darunter getragen hatte.

Er stellte das Handy vor sich auf einen Tisch und schaltete die Kamera ein, änderte die Perspektive und lächelte sein Spiegelbild an. Mit geübten Griffen verwandelte er sich in Herrn Joachim Hausberg. Dieser trug Schnauzer, besaß kräftige Augenbrauen und hatte dank der Wangenpolster ein breites Gesicht. Der Mann verließ das Zimmer und steuerte das Parkdeck an. Dort stieg er in einen gemieteten

BMW ein und startete den Wagen. In einer Stunde würde er Richtung Deutschland fliegen, um eine Million reicher. Es war an der Zeit, ein wenig Urlaub zu machen, beschloss er und lächelte.

Kapitel 1

Bernd Upmann erwachte durch das schrille Klingeln seines Weckers. Mit geschlossenen Augen tastete er auf dem Nachttisch herum und schaltete ihn aus. Seufzend schälte er sich aus seiner Decke und setzte sich auf die Bettkante. Ein scharfer Schmerz schoss ihm durch den Kopf und er stöhnte leise auf. Die Feier über seine Scheidung war aus dem Ruder gelaufen.

Sein Freund Klaus-Dieter hatte eine Runde Bier nach der anderen bestellt und ihm jedesmal einen Schnaps dazu gereicht.

„Bernd, freu dich, du bist die Alte los", hatte er den ganzen Abend gerufen und dabei gelacht. Worüber hatten sie sonst gesprochen? Es fiel ihm nicht mehr ein.

Mühsam erhob er sich und schlurfte ins Badezimmer. Ein kurzer Blick in den Spiegel ließ ihn zusammenfahren. ‚Ich sehe alt aus', dachte er sich und öffnete die Tür zur Duschkabine. Zehn Minuten später war er halbwegs wiederhergestellt und er sprang in seine Jeans.

Ein Blick auf die Uhr ließ ihn fluchen. „Mist, die Besprechung fängt gleich an, das schaffe ich nicht." Er würde zu Fuß zur Dienststelle laufen, Autofahren durfte er auf keinen Fall! Die durchzechte Nacht sah man ihm an. Die frische Luft würde ihm gut tun und gleichzeitig würde er ein wenig Bewegung bekommen.

Er schlüpfte in seine Turnschuhe und hob seine Lederjacke vom Boden auf. Hastig verließ er seine Wohnung und traf im Treppenhaus ausgerechnet auf Frau Meyer!

„Guten Morgen, Herr Upmann, schön Sie zu treffen", wurde er begrüßt.

„Moin, Frau Meyer", erwiderte er und huschte an ihr vorbei, „ich habe es leider eilig. Tschüss!"

Diese sah im verdutzt nach und schüttelte den Kopf. „Ungehobelter Kerl, nie hat der Zeit für ein nettes Schwätzchen", schimpfte sie und lief weiter.

Upmann verließ das Gebäude und legte ein zügiges Tempo vor. Es regnete und einen Schirm hatte er nicht dabei. Doch ins Haus zurückzukehren, schied aus; zu groß war die Gefahr, seiner Nachbarin in die Hände zu laufen. Sie war das Klatschmaul der Siedlung und redete wie ein Wasserfall.

Den Kopf eingezogen lief er weiter. Pfützen überzogen den ganzen Fußweg und er hatte seine liebe Mühe nicht hineinzutreten. Vorsichtig umrundete er eine große Wasserlache und trat dabei auf einen Blätterhaufen. Etwas klitschte unter seinen Turnschuh hervor. Upmann blieb stehen und sah auf seine Füße.

„So eine Sauerei", rief er erbost und sah sich wütend um. Seine Laune war auf dem Tiefpunkt angelangt. Kopfschmerzen, verschlafen und jetzt in einen Hundehaufen getreten. Angeekelt streifte er seinen Turnschuh an einem Bordstein ab und lief weiter.

Der Regen verstärkte sich und er war froh, endlich das Dienstgebäude erreicht zu haben. Seine Haare waren mittlerweile klitschnass und seine Jacke klebte am Körper. Die Eingangstür öffnete automatisch und er trat ein. Im Vorraum stand ein elegant gekleideter Mann, der mit dem diensthabenden Beamten redete. Upmann winkte dem Beamten zu und dieser betätigte den Türöffner. Er lief an dem Fremden vorbei und musterte diesen kurz. Der Mantel und die Schuhe waren maßgefertigt, so edel wie die Sachen aussahen. ,Was für ein Snob', dachte er sich und steuerte auf sein Büro zu.

Die Tür öffnete sich in dem Moment, als er die Hand auf die Klinke legen wollte und heraus trat der Dezernatsleiter Achim Krause.

„Ach, der Kriminalhauptkommissar Upmann erscheint zur Arbeit", sagte er mit schroffer Stimme.

„Moin Chef", erwiderte Upmann betreten und versuchte, ins Zimmer zu schlüpfen.

„Die Dienstbesprechung ist beendet und du bist schon wieder zu spät. Das häuft sich in letzter Zeit", sagte Krause und schob sein Gesicht nah an das von Bernd Upmann heran.

Er schnüffelte und sagte leise: „Du hast eine Fahne.

Mensch Bernd, reiß dich zusammen." Mit diesen Worten ließ er ihn stehen und ging davon.

Upmann fluchte und betrat sein Büro. Dort war Maja Brand dabei, einen weiteren Arbeitsplatz einzurichten.

„Moin Bernd", rief sie, „packst du bitte mal bei dem Tisch mit an?"

„Was ist denn hier los?", fragte er verwundert.

„Wir bekommen einen neuen Mitarbeiter zugeteilt, aus England", bekam er zur Antwort.

„Und wieso weiß ich nichts davon?", polterte Upmann los.

Das wurde ja immer schöner. War er jetzt der Leiter dieser Abteilung oder nicht, weshalb hatte er darüber keine Info erhalten?

Maja Brand öffnete den Mund, um ihm zu antworten, doch da hatte Upmann das Büro schon verlassen. Sie seufzte, der Chef hatte heute eine Laune!

Kapitel 2

Upmann stürmte mit hochrotem Kopf den Flur entlang.

Ein Kollege kam ihm entgegen, hechtete zur Seite und rief ihm hinterher:

„Was ist denn mit dir passiert, Bernd?"

„Sei bloß still", knurrte Upmann und lief weiter.

Vor dem Büro seines Chefs hielt er kurz an, holte tief Luft und stürmte ins Zimmer, ohne anzuklopfen.

„Wann wolltest du mir mitteilen, dass ich einen neuen Mitarbeiter bekomme, Achim?", sagte Upmann mit lauter Stimme, „ist das jetzt Mode, jemanden vor vollendete Tatsachen zu stellen?"

Der Angesprochene hob beide Hände und versuchte, ihn mit dieser Geste zu beruhigen.

„Hör zu, Bernd, ich bin noch nicht dazu gekommen, mit dir zu reden", antwortete Achim.

Weiter kam er nicht.

Upmann brüllte: „Hör doch auf, so einen Scheiß zu erzählen, Achim. Wollt ihr mich loswerden? Dann schreibt mir doch einfach die Kündigung. Und dann noch einen aus England, was soll das denn?"

„Nicht in diesem Ton!", erwiderte Achim Krause scharf und stand auf.

Für einen Moment war es still im Raum. Ein leises Räuspern war zu vernehmen und Bernd Upmann fuhr herum.

Vor ihm stand ein junger Mann und streckte die Hand zur Begrüßung aus.

„Mein Name ist Charles Henry Beaufort II.", sagte dieser mit einer angenehmen, wohlklingenden Stimme.

Upmann war sprachlos und sah den Fremden von oben bis unten an. Er drehte sich zu seinem Freund um und sagte: „Henry der Zweite, will der mich verarschen?"

„Es reicht, Bernd", donnerte dieser und hieb mit der Faust auf seinen Schreibtisch.

„Wir setzen uns jetzt alle an den Tisch und reden in Ruhe miteinander", fuhr er fort und deutete mit der Hand auf eine Sitzecke im hinteren Teil des Zimmers.

Widerwillig setzte sich Upmann an den Tisch und sah zum Fenster hinaus. Der Dezernatsleiter fing an zu reden.

„Inspektor Beaufort wurde uns aus London geschickt. Wir sollen ihn im Rahmen der Amtshilfe bei der Aufklärung einer Mordserie unterstützen."

„Kann das nicht jemand anderes übernehmen?", fragte Upmann schnippisch.

„Nein, dafür benötige ich meinen besten Mann", erwiderte Krause und sah ihm direkt ins Gesicht, „das bist du in diesem Fall, auch wenn dein Benehmen dem eines sechsjährigen Kindes entspricht. Der Inspektor wurde uns wärmstens von seinen Vorgesetzten empfohlen. Seine Aufklärungsrate spricht ebenfalls für ihn."

Upmann äußerte sich nicht und starrte weiterhin zum Fenster hinaus. Sein Chef seufzte und sagte zu Inspektor Beaufort: „Gehen Sie doch bitte schon in Ihr neues Büro. Frau Brand wird Ihnen alles zeigen." Dieser nickte, stand auf und verließ das Zimmer.

„Sag mal, Bernd, was ist nur los mit dir? Du musst dich wieder einkriegen, ich kann und werde so ein Verhalten nicht länger dulden." Achim schwieg kurz und sagte dann in ruhigerem Ton: „Anne wird nicht wieder zurückkommen, vergiss sie."

Upmann schluckte und sagte dann mit leiser Stimme: „Ich kann sie einfach nicht vergessen, kannst du das verstehen?"

„Ich weiß, wie schwer das ist", antwortete Achim, „aber man kommt darüber hinweg und wer weiß, vielleicht findest du ja eine neue Frau."

Er war selbst geschieden und hatte lange gebraucht, um das zu verarbeiten. Zu der Zeit hatte Bernd ihm oft zur Seite gestanden. Nächtelang hatten sie geredet und gesoffen. Er seufzte. Ihr Job war ein Ehekiller, es gab so viele Fälle unter den Kollegen.

„Warum hat sie mich mit dem Typen betrogen,

warum nur?", fragte Upmann und hielt sich die Hände vor das Gesicht.

„Der hatte einfach mehr Zeit als du, dazu noch Kohle ohne Ende und mehr auf seine Figur geachtet", beantwortete Achim die Frage und versuchte, die Situation damit aufzulockern.

Upmann lachte kurz auf. „Arschloch", sagte er und stand auf.

„Gib dem Jungen eine Chance", bat sein Freund „der ist verdammt gut und der Fall ist wichtig."

„Okay, ich werde es versuchen", erwiderte Upmann und schritt zur Tür.

„Ach, Bernd, eins noch", rief Achim ihm hinterher. Der drehte sich um und sah ihn fragend an.

„Hör auf zu saufen, das geht nicht gut aus."

Sein Freund hatte Recht, er sollte die Finger vom Alkohol lassen, dachte sich Upmann und schlenderte langsam zu seinem Büro. Er öffnete die Tür und blieb im Rahmen stehen. Inspektor Beaufort und Maja Brand hatten das Zimmer auf links gedreht! Der dritte Schreibtisch stand vorm Fenster, seiner war in die Ecke geschoben worden und stattdessen prangte ein großes Clipboard an der Wand. Die beiden waren eifrig damit beschäftigt, Zettel daran zu befestigen, und scherzten miteinander.

Diese Harmonie schlug ihm auf den Magen und Eifersucht wallte hoch. Da kommt der Kerl aus England rüber, nistet sich in seinem Büro ein und versteht sich auf Anhieb mit Maja Brand.

„Störe ich?", fragte er unwirsch.

„So ein Quatsch, Chef", antwortete seine Kollegin und drehte sich um, „Henry hat mir ein paar lustige Fälle geschildert, während wir die Unterlagen vorbereitet haben."

„So, hat er das?", erwiderte Bernd Upmann und zog die Augenbrauen hoch.

Er sah auf seine Armbanduhr und fragte: „Jemand Lust auf ein deftiges Frühstück? Ich hatte noch nichts heute Morgen."

Maja schüttelte den Kopf und Charles antwortete: „Ich werde erst gegen Abend eine Kleinigkeit zu mir nehmen. Ein wenig Sushi denke ich. Das reicht, ich möchte mein Gewicht halten."

Dabei warf er einen skeptischen Blick auf den erkennbaren Bierbauch von Bernd Upmann.

Dieser schnaubte auf, drehte sich um und ging aus dem Raum. Die Tür knallte hinter ihm ins Schloss. Das wurde ja immer besser, unfassbar, was sich dieser Kerl herausnahm!

Upmann verließ das Dienstgebäude und steuerte eine Metzgerei an, die in der Nebenstraße ihren Laden hatte. Dort gab es die besten Mettbrötchen weit und breit und genau darauf hatte er jetzt Appetit, und zwar mit einer ordentlichen Portion Zwiebeln!

Kapitel 3

„Wenn Sie hier bitte unterschreiben würden", sagte die junge Dame und schob Herrn Merten einen Bogen Papier hinüber.

Der zog eine Brille aus seiner Jacke und setzte sie umständlich auf die Nase.

„Das Alter", murmelte er mit leiser Stimme und sah sie verlegen an.

„Sie sind doch nicht alt, Herr Merten", antwortete diese und lächelte ihn an.

„Vielen Dank", erwiderte er, unterschrieb das Formular und stand auf.

„Hier ist der Schlüssel. Der rote BMW vor der Tür ist es", sagte die Frau, „ich wünsche Ihnen eine sichere Fahrt! Und besuchen Sie uns bald wieder."

Er nickte ihr kurz zu und verließ das Büro der Autoverleihfirma.

Der BMW glänzte in der Sonne. Ein tiefes Rot strahlte ihm entgegen. Wie er diese Farbe liebte! Er ließ sich in den Fahrersitz gleiten, startete den Motor und gab die Zieladresse ins Navigationssystem ein. In zweieinhalb Stunden würde er sein Ziel erreichen. Ein nobles Hotel in einer kleinen Stadt im Emsland. Vier Sterne und direkte Lage an einem Fluss. Das hörte sich gemütlich an. Ideal zum Ausspannen. Er fuhr auf die Autobahn und drückte das Gaspedal durch. Der Motor heulte auf und der Wagen schoss nach vorne. Fast auf die Minute pünktlich erreichte er sein Ziel. Langsam steuerte er den BMW die Einfahrt zum Hotel hinauf. Er stieg aus und streckte sich. Unauffällig sah er sich um und nickte zufrieden. So hatte er sich seinen Urlaubsort vorgestellt. Nur durch eine Zufahrt war das Resort zu erreichen. Im Hintergrund der Fluss und das Gelände an sich komplett im Außenbereich.

Langsam stieg er die Treppe zum Eingang hinauf und betrat das Hotel. Eine große, von Tageslicht durchflutete Halle, in deren Mitte ein kreisrundes Empfangsportal stand, empfing den Gast. Er steuerte darauf zu und wurde herzlich begrüßt.

„Willkommen im Hotel am Wasserfall", sagte ein junger Mann und lächelte freundlich, „haben Sie ein Zimmer gebucht?"

„Suite Emsblick, bitte", antwortete er.

„Ah, Herr Merten", erwiderte der Hotelangestellte und tippte etwas in den PC, „wenn Sie mir hier bitte eine Unterschrift geben würden."

Der Mann reichte ihm ein Blatt Papier und einen Kugelschreiber.

„Natürlich", sagte er und setzte seinen Namen mit schwungvollen Buchstaben auf das Formular.

Zusammen mit dem Schlüssel schob er es dem Mann hinter dem Tresen wieder zurück.

„Wenn Sie bitte mein Gepäck aufs Zimmer bringen lassen, ich vertrete mir noch ein wenig die Füße."

„Selbstverständlich, Herr Merten", erwiderte der Rezeptionist.

Martin Merten verließ das Hotel und ging zum Flussufer. Dort gab es einen Anlegesteg für Boote. Auf einer Bank setzte er sich hin und zog sein Handy aus der Tasche. Dieses hatte vibriert. Er schaltete es ein und zog die Augenbrauen hoch. Eine neue Nachricht war eingetroffen! Er tippte auf Öffnen und las mit leiser Stimme: „Hochzeitsplaner gesucht. Budget liegt bei einer Million Dollar." Er fluchte und sah aufs Wasser. Nach der Geschichte in London hatte er geplant, ein wenig Zeit verstreichen zu lassen. Doch die ausgeschriebene Bezahlung reizte ihn. Hinzu kam, dass die Konkurrenz nicht schlief. Er loggte sich wieder in das Portal ein und tippte eine Nachricht: „Nehme die Planung an. Benötige weitere Daten." Danach steckte er das Telefon in seine Jackentasche, stand auf und ging spazieren. Kurze Zeit später vibrierte sein Handy erneut und er beschloss, diese Nachricht in seinem Hotelzimmer zu lesen.

Kaum war er in der Eingangshalle eingetroffen, da wurde ihm schon der Zimmerschlüssel gereicht.

„Wir wünschen Ihnen einen angenehmen Aufenthalt in unserem Haus", sagte eine attraktive Empfangsdame und lächelte ihn an.

‚Dann begleite mich doch aufs Zimmer‘, dachte sich Martin Merten und musste lächeln, mir würde da so einiges einfallen.

Er nutzte die Treppe zum zweiten Geschoss und betrat das Zimmer. Was er dort sah, gefiel ihm. Es war gemütlich eingerichtet und man hatte freien Blick zum Fluss. Schnell packte er seinen Koffer aus und stellte den Laptop auf einen kleinen Tisch, der am Fenster stand. Der PC startete schnell und er loggte sich ein. Die Informationen für seinen neuen Auftrag waren eingetroffen. Nachdem er die Bilddatei geöffnet hatte, schnalzte er mit der Zunge. Die Zielperson war eine bildhübsche rothaarige Frau, achtundvierzig Jahre alt. Er schüttelte den Kopf, oft konnte er seine Auftraggeber nicht verstehen. Doch das zählte nicht in seinem Beruf. Die Belohnung war unglaublich hoch! Eine Million Dollar. Das würde sein letzter Auftrag sein und dann ging es ab in die Rente.

In Ruhe las er die Informationen durch und löschte die Datei. Keine Spuren hinterlassen, das war wichtig in seinem Job. Das Zielobjekt würde sogar im selben Hotel absteigen, in dem er seine Suite hatte. Bis dahin hatte er eine Woche Zeit, um alles vorzubereiten. Er nahm ein Stück Papier aus dem Koffer und fing an, einen Umriss des Hotels zu zeichnen. Jedes Detail trug er ein. Den Anlegesteg, die Sitzbank, die Wegstrecke vom Hoteleingang bis zu diesem Platz. Die Karte würde er Stück für Stück vervollständigen und sich dann einen Fluchtplan zurechtlegen.

Kapitel 4

Das war wieder lecker, Hans", sagte Upmann, als er seinen Teller auf den Tresen stellte.

„Danke, Bernd", antwortete der Metzgermeister und lachte, „bist immer gerne gesehen."

„Da sagt mein Hausarzt etwas anderes", erwiderte der Kommissar und zeigte auf seinen Bauch.

„Ach, was die immer sagen", entgegnete der Metzger und winkte ab.

‚Du hast gut reden', dachte sich Upmann und schielte mit neidischem Blick auf die muskulöse Gestalt des Fleischers. Dieser war fast zwei Meter groß, schlank und durchtrainiert. Er winkte kurz zum Abschied und verließ das Geschäft.

Zehn Minuten später betrat er das Dienstgebäude und marschierte über den Flur. Vor seiner Bürotür angekommen, hörte er Gelächter. Da hatte jemand Spaß! Er öffnete die Tür und sah Maja Brand mit ihrem neuen Kollegen am Tisch sitzen. Beide hatten eine Tasse Kaffee vor sich stehen und unterhielten sich angeregt. Er stellte sich an das Kopfende des Tisches, beugte sich hinunter und stützte sich mit den Armen auf der Platte ab.

„Darf man mitlachen?", fragte er und sah die beiden an.

Schlagartig änderte sich die Stimmung im Raum. Alles verstummte. Inspektor Beaufort stand auf und stellte sich an das Board.

„Ich wurde aus England hierher geschickt, weil der Verdacht besteht, dass sich ein Profikiller nach Deutschland abgesetzt hat", begann er zu erläutern.

„Aha", erwiderte Bernd Upmann und setzte sich an den Tisch.

„Warum ausgerechnet hier nach Lingen?", fragte Maja Brand, „wie kommt ihr auf die Idee?"

„Der Täter hat in London die Ehefrau eines Multimillionärs umgebracht. Ein Schuss in den Kopf und zwei in die Brust. So gehen nur Profikiller vor. Wir haben natürlich sofort die Ermittlungen aufgenommen und konnten feststellen, dass der Täter einen Flug nach Deutschland gebucht hat", fuhr der Inspektor fort.

„Aha", sagte Upmann erneut und handelte sich einen bösen Blick von Maja Brand ein.

Beaufort fuhr unbeeindruckt fort:

„Der Täter ist in Dortmund gelandet und hat sich einen Wagen gemietet."

„Wie kommt ihr dann auf uns hier in Lingen?", fragte Upmann.

Der Inspektor ließ einen Augenblick verstreichen und antwortete: „Da komme ich gleich drauf zu sprechen. Der Täter wurde im Hotel in der Parkgarage von der Kamera gefilmt. Dort stand ein Leihwagen, dieser wird dauerhaft vom Hotel gebucht und steht den Gästen zur Verfügung. Der Wagen wurde in einer Außenstelle des Verleihers beim Flughafen abgegeben. Durch den ziemlich genauen Todeszeitpunkt konnten wir den Überwachungszeitraum im Hotel eingrenzen. Hinzu kam, dass ein weiterer Toter in einem Müllcontainer nahe dem Kellereingang gefunden wurde. Mit der dort erbeuteten Chipkarte hat sich der Täter Zugang verschafft. Und genau in diesem, zeitlich festgelegtem Fenster hatte nur eine Person den Leihwagen des Hotels benutzt. Mit dem von der Überwachungskamera erstellten Foto haben wir die Leihwagenfirma aufgesucht. Dort wurde uns bestätigt, dass dieser Mann", damit deutete er auf ein Bild an dem Bord, „den Wagen abgegeben hat."

„Ich verstehe trotzdem nicht, warum der Täter ausgerechnet hierher kommen sollte", sagte Bernd Upmann, goss sich ein Glas Mineralwasser ein, stand auf und ging zum Bord.

„Und was hat es mit den anderen Bildern auf sich?", fragte er und zeigte auf zwei weitere Frauenleichen.

Der Inspektor trat einen Schritt zurück und rümpfte die Nase. Kommissar Upmann hatte nicht nur eine Alkoholfahne, sein Atem stank nach Zwiebeln! Wo war er hier nur gelandet?

„Das Opfer stammt aus Meppen. Und ein zweites Mordopfer kommt ebenfalls aus Deutschland, aus Mannheim", erwiderte der Inspektor.

Er fuhr fort: „Wir haben einen weiteren wichtigen Hinweis erhalten. Es waren sechsundachtzig Fluggäste an Bord des Fliegers, der in Dortmund gelandet ist. Davon haben nur vier Personen ein Fahrzeug gemietet", lächelnd sah er Upmann und Maja Brand an.

„Und weiter?", stöhnte Upmann genervt auf. Ihm gefiel die Überheblichkeit nicht, die der Engländer ausstrahlte.

„Drei Frauen und ein Mann. Wir haben dem Autoverleiher das Bild gezeigt und diese Frau hier", damit zeigte er auf ein weiteres Bild am Bord, „ist die zuständige Mitarbeiterin gewesen, die unserem Täter ein Fahrzeug vermietet hat."

Maja Brand lächelte ihn an. Der junge Engländer gefiel ihr. Selbstsicher trug er die Ergebnisse der bisherigen Ermittlungen vor und ließ sich von Bernd Upmann nicht aus der Ruhe bringen.

„Doch es stellt sich die Frage, warum du jetzt hier bei uns bist", fragte sie ihn.

„Der Autoverleiher hat angegeben, dass der Mietwagen laut Vertrag entweder hier in Lingen oder in Meppen abgegeben werden kann", bekam sie zur Antwort. Das ergab einen Sinn. Dieser Spur musste man nachgehen.

„Die gefundenen Projektile wurden aus der gleichen

Waffe abgefeuert", erzählte Inspektor Beaufort weiter, „zumindest bei den Opfern aus Meppen und Mannheim. Es gibt noch ein paar ähnlich gelagerte Fälle im Ausland, dort haben wir Anfragen gestellt und warten auf Ergebnisse."

„Die Leiche aus London wird übrigens der Gerichtsmedizin in Oldenburg zugeführt", sagte Maja Brand, „dort haben wir morgen früh einen Termin bei Dr. Klauswert."

„Na toll, dann muss ich mir erst noch Gehörschutz kaufen", maulte Upmann.

„Das können wir auf dem Weg erledigen, wenn wir dahin fahren", antwortete Maja Brand und lachte.

Der Gerichtsmediziner war ausgewiesener Experte auf seinem Fachgebiet. Doch leider ein absoluter Techno-Freak. Seine Untersuchungen wurden unter vollster Lautstärke ausgeführt und waren nur mit Gehörschutz zu ertragen.

„Fahren?", fragte Inspektor Beaufort mit leicht belegter Stimme, „ist das weit entfernt von hier?"

„Natürlich fahren, die Gerichtsmedizin hat keinen Flughafen", schnaubte Upmann und schüttelte den Kopf.

„Worum geht es?", fragte Maja und sah ihren neuen Kollegen an.

„Ich vertrage das Autofahren nicht so gut, da wird mir öfter mal schlecht", bekam sie zur Antwort.

„Ihr könnt ja mit dem Rad hinkommen", sagte

Upmann und verdrehte die Augen. Er stand auf und lief zur Tür.

„Ist auch besser für die Figur", rief er im Hinausgehen, „und ich habe noch etwas zu erledigen."

Kapitel 5

Upmann eilte über den Flur in Richtung Asservatenkammer. ‚Hoffentlich hat Jürgen Dienst‘, dachte er sich, das würde seinen Plan erleichtern. Vor dem besagten Büro hielt er an und klopfte. Höflichkeit war in diesem Fall enorm wichtig.

„Herein“, rief eine Stimme.

Erleichtert seufzte Upmann auf und trat ein.

„Hallo Jürgen, schön, dich zu sehen“, begrüßte er seinen Kollegen.

Dieser schaute ihn skeptisch über den Brillenrand an und antwortete:

„Spar dir dein Gesülze, Bernd, was willst du?“

Beide lachten. Jürgen Bentheim, der dienstälteste Beamte im Revier stand auf und schüttelte seinem Freund die Hand.

„Hast du einen schönen Wagen für mich, den ich mir morgen ausleihen könnte?“, fragte Bernd Upmann.

„Hm, mal schauen, was ich da für dich habe“,

antwortete der Angesprochene und setzte sich wieder an seinen Schreibtisch.

Dort nahm er eine Mappe aus der Schublade und fing an zu blättern.

„Ah, hier habe ich etwas", rief er, stand auf und trat wieder an den Tresen.

„Einen Ford Mustang, Baujahr neunzehnhundertzweiundsiebzig. Satte dreihundertzwanzig Pferdestärken hat der unter der Haube, ein echtes Juwel", erzählte er Upmann und zeigte auf eine Spalte des Blattes.

Dort waren die Daten des Fahrzeuges eingetragen. „Auf einer Drogenrazzia beschlagnahmt und zur Verwahrung hier untergestellt", las dieser und nickte.

„Darf ich mir den für morgen ausleihen? Wir haben einen Termin in der Gerichtsmedizin in Oldenburg", fragte er.

„Du weißt schon, dass ihr dafür eure eigenen Dienstwagen nutzen sollt", bekam er zur Antwort. Upmann seufzte: „Wie viel?", sagte er und zückte seine Brieftasche.

„Ein Hunni reicht", grinste sein Freund ihn an.

„Bist du irre?", empörte sich Upmann.

„Schon gut, war ein Scherz", beschwichtigte ihn sein Gegenüber, „eine Mantaplatte reicht völlig aus."

„Gebongt", bekam er zur Antwort

Er erhielt die Fahrzeugschlüssel, grüßte und verließ das Büro.

„Fahr mir den Wagen nicht zu Schrott", hörte er den Beamten rufen.

Auf dem Weg nach Hause warf er einen Blick auf seine Armbanduhr. Halb drei, ihm blieb genug Zeit zum Einkaufen und für eine Dusche. Danach ging es in seine Lieblingskneipe. Dort würde er mit Klaus-Dieter an einem Doppelkopfturnier teilnehmen. Er hatte lange betteln müssen, damit der mitmachte. Sein Freund verließ so gut wie nie seine vier Wände. Wie ein Eremit lebt er in seiner kleinen Wohnung. Upmann schüttelte bei dem Gedanken den Kopf darüber, wie man so hausen konnte.

Klaus-Dieter Bartzig war Junggeselle und ein absolutes Computergenie. Upmann hatte ihm vor langer Zeit einmal den Arsch gerettet. Sein Kumpel war einer Jugendbande über den Weg gelaufen, die sich vorgenommen hatte, ihn zu verprügeln. Er war zur falschen Zeit am falschen Ort. Wie es der Zufall wollte, kam Bernd Upmann vorbei und schlug die Bande in die Flucht. Zuerst hatten die Kids ihn ausgelacht, als er sich als Polizist ausgewiesen hatte, doch spätestens nachdem er seine Waffe gezückt und einen Warnschuss in die Luft abgegeben hatte, waren sie abgehauen. Seit dieser Zeit waren die beiden Freunde. Mit Klaus-Dieter konnte er über alles reden. Erst recht nach seiner zweiten Scheidung war er ihm eine echte Stütze geworden.

Eine Stunde später war er wieder in seiner Wohnung und räumte die Einkäufe in den Kühlschrank. Er stellte den Backofen an und legte eine Pizza aufs Blech. Das musste reichen als Abendbrot. Schnell hüpfte er unter die Dusche und zog sich frische Sachen an. Pünktlich um neunzehn Uhr verließ er seine Wohnung und steuerte sein Stammlokal an. Rauchgeschwängerte Luft schlug ihm entgegen, nachdem er die Tür geöffnet hatte und eingetreten war. Klaus-Dieter saß an ihrem Stammplatz vorm Tresen und winkte.

„Hallo Bernd", wurde er begrüßt. Sie gaben sich die Hände und bestellten zwei Gedecke beim Wirt.

„Hier ist ja noch gar nichts los", wunderte sich Upmann und sah sich um.

„Das Turnier ist ausgefallen, nicht genug Anmeldungen", bekam er zu hören.

„Och, Mist, ich hatte mich schon so gefreut", sagte Upmann und verzog enttäuscht das Gesicht.

„Dann haben wir mehr Zeit zu trinken Alter", prostete Klaus-Dieter ihm zu und hob das Glas.

„Wir dürfen es heute aber nicht so übertreiben, ich habe morgen noch einen wichtigen Termin und muss fahren", erwiderte Upmann.

Drei Stunden später verabschiedete er sich von seinem Freund und verließ die Kneipe. Leicht angeschlagen betrat er seine Wohnung, schlüpfte aus seinen Schuhen und kickte sie an die Seite. Die Jacke warf er mit Schwung über den Stuhl, der dort stand. Vorm Bett zog er sich aus und ließ sich hineinfallen. Er stellte seinen Wecker im Handy und legte es achtlos auf den Boden. Kurze Zeit später war er eingeschlafen.

Leicht benommen wachte er auf. Sein Handy schrillte und piepte laut. Er tastete danach und versuchte, den Alarm auszustellen. Das funktionierte erst nach einigen Versuchen. Stöhnend rappelte er sich hoch und schlurfte in die Küche. Dort füllte er die Kaffeemaschine und lief ins Bad. Die Morgentoilette war schnell erledigt und er schlüpfte in seine Sachen, die vor seinem Bett verstreut lagen. Er rümpfte die Nase, alles stank nach Zigarettenqualm. ‚Egal', dachte er sich, ‚das muss unserem Engländer nicht gefallen.' Den Kaffee kippte er schnell hinunter und machte sich auf den Weg. Pünktlich um acht Uhr stand er vor der Außenstelle im Dienstgebäude und zeigte seinen Ausweis vor.

„Für mich ist der Ford Mustang reserviert", sagte er dem diensthabenden Beamten.

Dieser sah in seinen Computer und nickte.

„Der Wagen steht hinten links in der Garage und ist sogar vollgetankt. Ich wünsche viel Spaß damit."

„Danke, den werden wir haben", antwortete Upmann und lächelte verstohlen.

Fünfzehn Minuten später stand er auf dem Parkplatz des Dienstgebäudes. Er zückte sein Handy und wählte die Nummer von Maja Brand.

„Hallo Chef, wo bleibst du, wir haben doch einen Termin in Oldenburg", bekam er zu hören.

„Ich wünsche dir auch einen schönen guten Morgen", erwiderte Upmann, „ich warte vor dem Gebäude auf euch, bis gleich."

Damit legte er auf und stieg aus. Er stellte sich neben die Fahrertür und wartete. Kurze Zeit später waren Maja und Inspektor Beaufort beim ihm.

„Wow, was für eine geile Karre", rief seine Kollegin und strich ehrfurchtsvoll mit einer Hand über die Metallic-Lackierung.

Der Engländer sagte nichts und sah Bernd Upmann an.

„Wenn die Herrschaften bitte einsteigen würden, wir haben einen Termin", lachte dieser, zwinkerte ihm zu und setzte sich ans Steuer. Er startete den Motor und ließ ihn aufheulen.

„Wie viel PS hat der Wagen?", fragte Maja.

„Dreihundertzwanzig", bekam sie zur Antwort, „also anschnallen und gut festhalten."

Dabei warf er einen Blick in den Rückspiegel und freute sich über den angstvollen Gesichtsausdruck seines Fahrgastes.

Kapitel 6

Upmann steuerte den Mustang lässig durch den Stadtverkehr in Lingen.

„Wann haben wir den Termin bei Dr. Klauswert?", fragte er seine junge Kollegin.

„Zehn Uhr war vereinbart, das wird knapp", antwortete Maja und sah auf ihre Armbanduhr, „es ist schon neun Uhr."

„Das schaffen wir locker", sagte Upmann und tätschelte das Armaturenbrett des Wagens, „gleich lassen wir den Pferdchen freien Lauf."

Sie fuhren auf die Schnellstraße. Er gab Gas. Alle wurden in ihre Sitze gedrückt. Inspektor Beaufort schloss die Augen und versuchte krampfhaft, an etwas Schönes zu denken. Upmann sah das im Rückspiegel und grinste. Er fuhr wie ein Irrer und überholte einen Wagen nach dem anderen. Maja Brand fand das am Anfang recht lustig, doch die Überholmanöver wurden immer waghalsiger.

Plötzlich blitzte es auf und Upmann fluchte: „Mist, ein Blitzer. Kümmere dich nachher darum, Maja."

„Vielleicht könntest du etwas vom Gas gehen?", fragte sie, „wir wollen doch ankommen, oder?"

„Entspann dich, ich weiß schon, was ich mache", bekam sie zur Antwort.

Urplötzlich bremste er den Wagen abrupt ab, fast wäre er dem Vordermann ins Heck gefahren.

„So ein Idiot, warum blinkt der denn nicht?!", brüllte Upmann, scherte aus und beschleunigte.

Hupend fuhr er an dem Fahrzeug vorbei.

„Bernd, komm runter, es reicht jetzt", rief Maja mit schriller Stimme.

Sie hatte im Rückspiegel das Gesicht ihres neuen Kollegen gesehen, dieses hatte schon einen grünlichen Teint.

„Ja, schon gut", entgegnete Upmann und nahm etwas Geschwindigkeit weg, „wir fahren gleich ab, ich kenne da eine gute Abkürzung."

„Wieso das denn?", fragte Maja und warf ihm einen erstaunten Seitenblick zu.

„Vor Oldenburg staut sich der Verkehr immer so", war die Antwort.

Das stimmte zwar nicht, doch er brauchte eine Ausrede, um die kurvenreiche Strecke zu nutzen, die er sich ausgesucht hatte.

Auf der Landstraße jagte er den Mustang mit atemberaubender Geschwindigkeit durch die Kurven. Die Reifen quietschen und er musste sich anstrengen, den Wagen auf der Straße zu halten. In regelmäßigen Abständen warf er einen Blick in den

Rückspiegel, doch der Inspektor hielt durch. Selbst Maja Brand war übel und sie hatte schon so einige Fahrsicherheitstrainings absolviert.

„Wir sind da", rief Upmann mit fröhlicher Stimme und setzte den Blinker.

Langsam fuhr er auf den Parkplatz des Institutes und parkte direkt vor dem Eingang.

Inspektor Beaufort schnallte sich los, riss die Tür auf und sprang aus dem Wagen. Kaum war er draußen, übergab er sich und kotzte in ein Blumenbeet. Maja Brand stieg aus und trat auf ihn zu.

„Alles in Ordnung?", fragte sie mitfühlend und reichte ihm ein Taschentuch.

„Dankeschön, es geht gleich wieder", antwortete der Engländer mit leiser Stimme und spuckte erneut.

Wütend drehte sie sich um und trat auf Upmann zu. „Was sollte der Scheiß? Bist du jetzt zufrieden?", zischte sie ihm zu.

Upmann zuckte mit den Schultern und sah über das Autodach auf den Inspektor, der sich immer noch übergab.

„Wie wäre es mit einer vernünftigen Mahlzeit, dann hält der Magen auch durch", rief er belustigt aus.

Beaufort wischte sich den Mund ab und richtete sich auf. „Bei den Mengen an Material, was du so in dich reinstopfst, würdest du in einer Stunde noch kotzen und die Städtereinigung müsste anrücken", erwiderte er und presste die Lippen aufeinander.

Upmann zuckte zusammen und sah entgeistert

zu Maja Brand. Diese grinste und zeigte mit dem Daumen nach oben.

„Touche, würde ich sagen", rief sie und fügte noch hinzu, „falls die Herren jetzt fertig sind, könnten wir unseren Termin wahrnehmen."

Upmann und Beaufort sahen sich an und nickten. Gemeinsam betraten die drei das Gebäude und steuerten auf den Aufzug zu. Maja drückte den Knopf für das Kellergeschoss und sanft fuhren sie nach unten. Die Aufzugstür öffnete mit einem leisen Zischen. Wahnsinnig laute Technomusik dröhnte über den Flur. Die Besucher legten ihre Ohrstöpsel ein und suchten den Obduktionssaal 3. Upmann öffnete die Tür, ließ die anderen eintreten und folgte ihnen dann.

Was sie dort sahen, ließ sie innehalten und schmunzeln. Dr. Michael Klauswert tanzte zu den Bässen um seinen Patienten herum. Der Doktor war fünfunddreißig Jahre alt und von schlanker Figur, seine Haare kurz geschoren und blau gefärbt.

„What the hell is that?!", entfuhr es Inspektor Beaufort.

„Das ist unser Rechtsmediziner, ein totaler Freak", schrie Maja Brand gegen die Musik an.

Der Doktor hatte seine Gäste entdeckt und tanzte auf sie zu.

„Moin Moin", brüllte er mit lauter Stimme, „wir können sofort beginnen."

Damit drehte er sich um und beugte sich über die Leiche, die vor ihm auf den Tisch lag. Er wartete, bis die Beamten sich um ihn versammelt hatten, und zückte dann sein Skalpell.

Eine Stunde später war die Obduktion beendet und die drei standen vor der Tür und atmeten frische Luft ein.

„Wieso hat er die Leiche nochmals geöffnet?", fragte Inspektor Beaufort, „meine Kollegen in England hatten doch schon alles untersucht."

„Der Doktor prüft jeden Fall persönlich nach. Ist eine Angewohnheit von ihm. Es könnte ja sein, dass jemand etwas übersehen hat", erwiderte Maja Brand und zuckte mit den Schultern.

„Er hat die Ergebnisse aus England bestätigt und wir sind jetzt nicht wirklich weitergekommen", sagte Upmann und zog den Schlüssel aus der Hosentasche, „lasst uns fahren, hier gibt es nichts mehr zu erledigen."

„Stopp", rief Maja und streckte die Hand aus, „ich fahre."

Upmann zögerte und gab nach. Er warf ihr den Schlüssel zu und sagte: „Aber vorsichtig fahren, nicht dass mir schlecht wird."

Dabei sah er zum Inspektor und grinste. Dieser erwiderte nichts und stieg ein.

Upmann zuckte mit den Schultern und setzte sich auf den Beifahrersitz. Dieser Typ reizte ihn und er konnte sich nicht erklären, warum. Ob es daran lag, dass er so gut bei Frauen ankam?

Seine zweite Ehefrau hatte ihn für so einen Frauenhelden sitzen lassen. Hinzu kam seine sportliche Figur und seinen Geschmack für gute Kleidung. Selbst Maja Brand war ihm jetzt schon zugetan, das spürte er und er war eifersüchtig. ‚Ruhig, Bernd, du musst dich besser unter Kontrolle haben‘, dachte er sich.

Kapitel 7

Auf dem Rückweg kehrten sie in einem Restaurant ein und genehmigten sich eine längere Pause. Bernd Upmann bestellte sich ein großes Steak mit Beilagen. Maja und Inspektor Beaufort wählten jeweils einen Salat aus. Wenig später stand das Essen auf dem Tisch und Maja erhob ihr Trinkglas: „Ich würde vorschlagen, wir duzen uns ab sofort, einverstanden? Ich bin die Maja."

Upmann zögerte, nahm dann aber doch sein Glas in die Hand und rief: „Bernd. Prost!"

Inspektor Beaufort antwortete: „Charles Henry, aber alle nennen mich nur Beau."

Upmann verschluckte sich an seinem Bier und prustete los. Dafür erhielt er einen Tritt von Maja vors Schienbein. Sie sah ihn zornig an und er verstummte sofort. Charles Henry ignorierte ihn und trank einen großen Schluck Wasser.

„Dann wäre das ja geklärt", rief Maja, „einen guten Appetit wünsche ich!"

Schweigend nahmen sie das Essen zu sich. Zum Abschluss bestellte Upmann für jeden einen Espresso.

„Was hat uns dieser Besuch jetzt gebracht?", fragte Maja und sah die beiden an.

„Ich gehe davon aus, dass Dr. Klauswert keine anderen Erkenntnisse aus der Obduktion ziehen wird, als sie ihm aus England schon zugeschickt wurden", erwiderte Charles Henry.

„Das müssen wir abwarten", sagte Upmann, „er hat mir gesagt, vor morgen Mittag schafft er es nicht."

„Wir fahren jetzt ins Büro und notieren das, was wir heute erfahren haben", schlug Maja vor und stand auf.

Charles Henry erhob sich und sagte: „Geht schon mal vor, ich übernehme das hier. Mein Einstand."

„Dankeschön", antwortete Maja und lächelte ihn an.

„Wenn ich das gewusst hätte", brummelte Upmann und verließ das Restaurant.

Gemütlich fuhren sie zur Dienststelle zurück. Nachdem sie den Wagen zurückgegeben hatten und die Formalitäten erledigt waren, trafen sich alle im Büro. Charles Henry zückte einen Stift und stellte sich ans Board.

„Ich fasse zusammen", begann er, „die Leiche weist drei Einschusslöcher auf.

Einen Schuss in die Stirn und zwei weitere in den Brustkorb. Exakt das gleiche Muster wie beim Opfer aus Mannheim. Beide Opfer waren verheiratet und vermögend. Die Ehemänner zählen zu den Multimillionären. Die Opfer waren sechsundvierzig und achtundvierzig Jahre alt und körperlich gesund."

„Gibt es eine Verbindung zwischen den beiden Opfern oder Familien?", fragte Maja.

„Das müssten wir noch überprüfen", antwortete Charles Henry.

„Das könnte sich schwierig gestalten", wandte Upmann ein.

„Weshalb?", fragte Maja.

„Die Ehemänner spielen in der obersten Liga mit. Die haben mit Sicherheit nicht nur eine Firma am Start. Diese Verbindungen auf Übereinstimmungen zu überprüfen, das dürfte lange dauern. Dazu fehlt uns Personal und Zeit, wenn wir davon ausgehen, dass der Täter hier vielleicht erneut zuschlagen will."

Charles Henry nickte.

„Du könntest Recht haben. Solche Überprüfungen dauern. Ich stelle mir außerdem die Frage: Warum ist er ausgerechnet nach Deutschland geflohen?"

„Und was machen wir jetzt?", fragte Maja, „zusätzliches Personal wird uns Krause bestimmt nicht genehmigen."

Upmann überlegte lange und hieb dann mit der Hand auf seinen Schreibtisch.

„Ich habe eine Idee", rief er.

„Lass hören", sagte Maja und schaute ihn aufmerksam an.

„Ihr kennt doch meinen Kumpel Klaus-Dieter?", antwortete er.

„Wer ist das?", fragte Charles Henry und sah Maja fragend an.

„Sein Saufkumpan", erwiderte diese und ihr Lächeln erlosch.

Sie mochte den Typen nicht, er warf ihr immer anzügliche Blicke zu, wenn sie sich über den Weg liefen. Es fühlte sich an, als würde er sie mit seinen Augen ausziehen.

„Jetzt lass doch mal", rief Upmann, „der Junge ist in Ordnung. Der ist ein Computergenie, wie er im Buche steht. Ihr müsstet mal sein Equipment sehen. Wenn uns einer helfen kann, dann er."

„Und wie willst du das Achim erklären?", hakte Maja nach, „der bezahlt das niemals."

Upmann zuckte mit den Schultern. „Da wird mir schon etwas einfallen", erwiderte er.

„Ich weiß nicht", sagte Maja zögerlich.

„Klingt geheimnisvoll. Der müsste wohl so eine Verschwiegensheitserklärung oder wie das heißt unterschreiben", wandte Charles Henry ein, „aber für Ungewöhnliches bin ich zu haben."

Upmann zog eine Augenbraue hoch. Schützenhilfe ausgerechnet von dem Engländer, das kam unverhofft.

„Ich rufe ihn gleich an", rief Bernd und griff zum Telefon.

„Hallo Klaus-Dieter", begrüßte er ihn, „hör mal, wir haben da etwas mit dir zu besprechen. Ja, heute Abend im Lokal. Halte uns vier Plätze frei. Danke, bis später."

„Das wäre erledigt", sagte er zu den beiden.

„Gibt es sonst noch Verbindungen in diesem Fall?", fragte er und sah auf seine Armbanduhr.

„Beide Ehemänner waren zum Tatzeitpunkt auf Geschäftsreise, weit entfernt vom Tatort. Der eine auf den Malediven und der andere auf den Bahamas", erzählte Charles Henry.

„Was sind das denn für Geschäftsreisen?", fragte Bernd, „waren die Männer alleine unterwegs oder?", dabei zog er anzüglich die Mundwinkel hoch.

„Das habe ich noch nicht überprüft", gestand Charles Henry und machte sich Notizen.

Upmann winkte ab: „Das kann Klaus-Dieter ebenfalls übernehmen, denke ich."

Er stand auf: „Wir treffen uns um acht Uhr in der Kneipe. Ich gehe jetzt nach Hause. Bis nachher!"

Kapitel 8

Bernd Upmann betrat sein Stammlokal pünktlich um zwanzig Uhr. Er sah Klaus-Dieter an einem kleinen Tisch sitzen, in der Nähe des Tresens. Zielstrebig steuerte er diesen an und stieß versehentlich mit einem anderen Mann zusammen.

„Alter, mach die Augen auf", wurde er angepöbelt.

„Entschuldigung", sagte Upmann und wollte vorbeigehen.

„Pass bloß auf", drohte ihm sein Gegenüber.

Der Typ war schon nicht mehr nüchtern und strahlte Aggressivität aus. Er hob die Hände und sagte mit etwas lauterer Stimme: „Ist doch gut jetzt. Trink ein Bier auf meine Kosten!"

Damit schlängelte er sich vorbei und gab dem Wirt ein Zeichen. Dieser hatte das Schauspiel mitbekommen und nickte.

Klaus-Dieter begrüßte ihn.

„Hallo Bernd. Vor dem nimm dich bloß in Acht. Der sucht Streit. Hat er jetzt schon bei einigen probiert."

„Ich geh ihm aus dem Weg", erwiderte sein Freund und bestellte zwei Bier.

Die beiden prosteten sich zu und Bernd fing an, ihm von dem Fall zu erzählen.

„Du bist doch ein Ass in Sachen Ermittlungen, oder?", fragte er mit unschuldiger Miene.

„Legal, oder?", bekam er zur Antwort.

„Egal", würde ich sagen, „Hauptsache, wir bekommen den Mistkerl", antwortete Upmann.

Die zwei redeten und tranken.

„Mensch, wo bleiben die beiden denn?", sagte Bernd und sah zum wiederholten Mal auf seine Uhr, „ans Handy geht auch keiner."

„Die sind bestimmt irgendwo versackt", griente Klaus-Dieter anzüglich.

„Wir versacken hier auch noch, wenn es in dem Tempo weitergeht", lachte Upmann und hob sein Glas.

„Ist doch egal", antwortete sein Freund und bestellte die nächste Runde.

Upmann stand auf und steuerte die Toilette an. Auf dem Weg dorthin probierte er es nochmals bei Maja, doch sie ging nicht ran. Er zuckte mit den Schultern, dann eben nicht. Auf dem Rückweg lief ihm der Typ von vorhin über den Weg. Dieser blieb stehen, zeigte mit dem Finger auf ihn und rief seinen Trinkkumpanen zu: „Da isser ja, der kraftlose Bulle."

Dabei lachte er dreckig. Upmann war irritiert, was wollte der Mann von ihm? Er versuchte vorbeizugehen, doch der Weg wurde ihm versperrt.

„Ey, stimmt das, was die hier so erzählen?", sagte der Fremde und baute sich vor ihm auf.

„Was denn?", fragte Upmann und dachte über einen Ausweg aus dieser Situation nach.

Streit wollte er vermeiden, außerdem hatte er schon zu viel getrunken.

„Na, deine Stute hat dich verlassen und bumst jetzt mit ´nem hübschen Arzt rum, habe ich gehört", rief der Mann und lachte hämisch.

„Stefan, lass gut sein", mischte sich der Wirt ein, „mach hier keinen Ärger, sonst fliegst du raus."

„Wir reden doch nur ganz gemütlich, oder?", sagte der, der Stefan hieß, und drückte Upmann seinen Zeigefinger in den Bauch.

Dieser zuckte zusammen und versuchte, seine Wut zu unterdrücken. Was bildete sich der Typ da ein?

„Was ist los, kannste nicht mehr antworten?", fragte der Mann und schubste ihn erneut.

„Hör auf mit dem Scheiß", fuhr Upmann ihn an und hob die Arme, um sich zu wehren.

Er sah den Schlag nicht kommen. Dieser Stefan hatte ansatzlos zugehauen und erwischte Upmann voll im Gesicht. Andere Gäste schrien auf und sprangen zur Seite, als der Kommissar auf den Boden flog. Der Wirt fluchte und griff zum Telefon. Er hätte es ahnen müssen und den Mann schon vor einer Stunde rausschmeißen sollen. Jetzt war es zu spät!

„Polizei?", rief er in den Hörer, „bei mir gibt es eine Schlägerei im Lokal. Ja genau, beeilen sie sich."

In diesem Moment öffnete sich die Eingangstür. Charles Henry und Maja Brand betraten die Kneipe. Die beiden blieben bestürzt stehen und sahen auf Bernd Upmann, der sich vom Boden hochrappelte und schwankend vor einem Mann stehen blieb. Dieser hatte die Fäuste geballt und holte zum Schlag aus.

„Stopp", brüllte Charles Henry aus Leibeskräften und stürzte auf den Angreifer zu.

Schützend stellte er sich zwischen Upmann und dem Mann und sagte:

„Ich bin von der Polizei. Sie hören sofort auf sich zu prügeln."

Der Angesprochene lachte und erwiderte:

„Geh mir aus dem Weg, Junge, sonst setzt es Prügel. Das regeln wir unter Männern."

Charles Henry blieb unbeeindruckt stehen und antwortete:

„Ich warne sie ein letztes Mal. Lassen Sie diesen Mann in Ruhe."

Aus dem Hintergrund rief der Wirt.

„Die Polizei ist auch gleich da, habe sie schon informiert."

Charles Henry wollte sich zu dem Wirt herumdrehen, als er eine Bewegung ausmachte. Instinktiv wich er zur Seite aus und verpasste dem Angreifer einen sauberen Leberhaken. Dieser stöhnte auf und sank auf die Knie.

Die Tür wurde aufgestoßen und zwei Beamte in

Uniform stürmten herein. Maja Brand zückte ihren Ausweis und rief: „Der Angreifer kniet da vorne. Nehmt ihn mit aufs Revier. Die Sache ist unter Kontrolle."

Der ältere Polizist nickte ihr zu und nahm seine Handschellen vom Gürtel. Die beiden führten den Mann ab. In der Zwischenzeit kümmerte sich Maja um Bernd.

„Alles in Ordnung mit dir?", fragte sie und forderte einen Coolpack vom Wirt an.

Dieser rannte davon und kam mit einem zusammengeknoteten Tuch wieder.

„Ich habe nur Eiswürfel, geht das auch?", sagte er und sah sie fragend an.

„Spitze, das ist gut. Danke", erwiderte Maja und drückte Bernd das Tuch aufs Auge.

„Aua", protestierte der und steuerte den Tisch an, an dem Klaus-Dieter saß.

„Danke für deine Hilfe, Kumpel", knurrte er diesen an.

Er hob entschuldigend die Hände und rief: „Was soll ich denn machen?"

Bevor Upmann darauf antworten konnte, fuhr Maja ihn an: „Was soll das, Bernd? Schon wieder betrunken und dann eine Schlägerei. Mensch, wenn Achim das erfährt, gibt es mächtig Ärger."

„Ich bin unschuldig", jammerte Upmann und verlangte nach einem Glas Wasser.

„Das stimmt", bestätigte Klaus-Dieter, „der andere

hat ihn sofort niedergeschlagen. Dafür gibt es hier viele Zeugen."

„Dann hast du ja noch einmal Glück gehabt", sagte Maja und bestellte eine Runde zu trinken für alle.

„Warum kommt Ihr denn jetzt erst?", fragte Bernd.

„Beau hat mich noch zum Sushi-Essen eingeladen. Es war sehr lecker", schwärmte sie.

„Beau?", fragend sah Bernd seine Kollegin an.

„Hört sich besser an wie Charles Henry", bekam er zur Antwort.

„Wir haben in der Zwischenzeit den Fall besprochen und Klaus-Dieter wird morgen mit seinen Nachforschungen starten", erzählte Upmann.

„Wie wollen Sie vorgehen?", fragte Charles Henry und musterte den Computerfachmann verstohlen.

Dieser bemerkte das überhaupt nicht, er hing mit seinen Augen an Maja Brand fest. ‚Na, hoffentlich ermittelt er besser, als er flirtet', dachte sich Charles Henry und musste sich ein Lachen verkneifen. Er saß dicht bei Maja und konnte ihr Parfüm trotz der rauchgeschwängerten Luft in der Kneipe riechen. Diese Frau war der Hammer! Ihr Aussehen, ihre Ausstrahlung, einfach alles brachte ihn um den Verstand. Wenn sie in seiner Nähe war, fiel ihm das Denken schwer. Er hatte schon viele Frauen vor ihr gehabt, war immer ein Frauenschwarm gewesen. Erst im Internat und später an der Universität ebenfalls. Ob es nur an seinem guten Aussehen und seiner sportlichen Figur oder an dem Geld seiner Eltern lag, war ihm egal. Jede Gelegenheit hatte er genutzt. Hier war der Fall anders. Er schien ihr zu gefallen, das konnte er spüren, doch gleichzeitig war da eine gewisse Distanz zwischen ihnen.

Eines hatte er sich auf jeden Fall vorgenommen. Mit dieser Frau wollte er keine Spielchen spielen, das hier konnte etwas Ernstes werden.

Kapitel 9

Die vier saßen noch eine Weile in der Kneipe und besprachen die Vorgehensweise. Maja gähnte herzhaft und Upmann sah mit seinem gesunden Auge auf seine Armbanduhr.

„Wir haben ja schon fast zwölf. Zeit fürs Bett, würde ich vorschlagen."

Die anderen hatten nichts dagegen und leerten ihre Gläser. Upmann zahlte und kurze Zeit später standen sie auf der Straße vor der Kneipe.

„Ich schau morgen Mittag bei dir vorbei, Klaus-Dieter", sagte Upmann.

Dieser nickte und verabschiedete sich.

„Wie kommst du nach Hause?", fragte er seine Kollegin Maja.

„Beau bringt mich. Wir fahren mit dem Taxi. Ah, da ist es ja schon", erwiderte sie.

Ein Wagen bog um die Ecke und hielt vor den Wartenden an. Die beiden stiegen ein und winkten Upmann zum Abschied kurz zu. Dieser grüßte zurück, schob seine Hände in die Hosentasche und machte sich auf den Heimweg. ‚Da haben sich zwei gefunden‘, dachte er sich.

Der Wecker klingelte um acht Uhr und Upmann wälzte sich aus seinem Bett. Verschlafen schlurfte er ins Badezimmer und stellte die Dusche an. Ein kurzer Blick in den Spiegel ließ ihn zusammenzucken. Sein Auge war ordentlich geschwollen. Mist, das würde für Gesprächsstoff auf der Wache sorgen.

Vierzig Minuten später saß er an seinem Schreibtisch. Vor ihm stand ein Becher Kaffee. Heiß und schwarz, so wie er ihn liebte. Er blätterte gerade in der Tageszeitung, da öffnete sich die Bürotür und Beau kam herein.

„Guten Morgen", begrüßte dieser ihn und hing seinen Mantel an den Kleiderständer.

„Da ist aber einer gut gelaunt", brummte Upmann und schlürfte an seinem Kaffee.

„Klar, warum nicht? Die Sonne scheint, es wird ein schöner Tag laut Wetterbericht", antwortete Beau.

„Die Kollegen sind hübsch und nett", frotzelte Upmann.

Beau sah sich spielerisch im Raum um und fragte: „Von wem redest du, etwa von dir?"

„Werde bloß nicht frech", drohte Upmann ihm mit erhobenem Zeigefinger und lachte, „weißt genau, was ich meine."

Beau hob die Arme theatralisch nach oben und rief: „Keine Sorge, ich habe sie mit dem Taxi an ihrer Wohnung abgesetzt und bin dann zur Pension weitergefahren. Da ist nichts gelaufen."

„Schon gut", antwortete Upmann, „und bevor ich es vergesse: Vielen Dank für deine Hilfe gestern Abend. Hast einen guten Schlag!"

Bevor Beau antworten konnte, betrat Maja das Büro und begrüßte die beiden. „Einen wunderschönen guten Morgen wünsche ich euch."

Upmann verdrehte die Augen, hier waren ihm eindeutig zu viele Glücksgefühle im Umlauf. Er trank seinen Kaffee aus und stand auf.

„Wohin willst du?", fragte Maja und kramte in ihrer Tasche, „ich habe Croissants mitgebracht. Für jeden eines."

„Danke, für mich später", sagte Upmann und lief zur Tür, einen Bogen Papier in der Hand, „ich muss zu Achim und die Spesen abrechnen."

„Viel Erfolg und bleib ruhig", rief Maja ihm hinterher.

Er ging über den Flur und ignorierte die Blicke seiner Kollegen. Schade, dass kein Karneval war, dann hätte er eine Augenklappe aufgesetzt. So sah jeder sein Veilchen. Vor der Tür des Dezernatsleiters angekommen, holte er tief Luft, klopfte und trat ein.

„Guten Morgen, Achim", rief er seinem Chef zu, der ebenfalls in der Tageszeitung las.

Dieser sah auf und zuckte zusammen.

„Was ist denn mit dir passiert?", entfuhr es ihm.

„Ach, nur eine kleine Meinungsverschiedenheit, nichts Schlimmes", antwortete Upmann.

„Hast du schon wieder gesoffen, Bernd?", fragte Achim Krause.

„Wir hatten eine Teambesprechung in unserem Stammlokal. Ein besoffener Typ hat mir eine gelangt, ich bin unschuldig", erklärte Upmann. „Du hättest unseren Engländer mal sehen sollen, wie der den ausgeknockt hat. Sauberer Leberhaken, sag ich nur."

„Lenk nicht ab, Bernd", knurrte sein Chef und sah ihn stirnrunzelnd an.

„Achim, frag die anderen. Ich habe nichts gemacht", erwiderte Upmann und sein Gesicht nahm eine rötliche Färbung an.

Achim Krause seufzte, das würde er mit Sicherheit, aber heimlich.

„Was führt dich zu mir?", fragte er, „möchtest du einen Kaffee?"

„Danke, hatte ich schon", erwiderte Upmann, „die Spesenabrechnung und noch eine andere Sache."

„Erzähl", forderte ihn Achim auf.

Eine Stunde später war die Abrechnung geklärt und Upmann kam zu eigentlichen Punkt.

„Wir brauchen Verstärkung im Team, Achim. Mit unseren Kräften schaffen wir die Ermittlungen nicht", erzählte er.

Sofort wurde er unterbrochen:

„Bernd, du weißt, wie schwierig das ist. Woher soll ich Personal nehmen?"

„Lass mich doch ausreden, ich habe da eine Idee", antwortete Upmann und legte los.

„Du kennst Klaus-Dieter Bartzig, den Computerfachmann? Mit deinem Einverständnis kann er als externer Mitarbeiter helfen. Mit seinem Wissen und Equipment wäre das extrem hilfreich."

Achim Krause sah ihn skeptisch an und sagte:

„Was soll das Ganze kosten?" Upmann zuckte mit den Schultern und antwortete: „Keine Ahnung, da gibt doch feste Sätze, soviel ich weiß. Das wirst du schon hinbekommen, ist doch dein Job."

Sein Chef zog die Augenbraue hoch und sagte:

„Du kannst dir nicht vorstellen, wie gerne ich den Platz tauschen würde, jedenfalls ab und zu."

Upmann grinste und stand auf.

„Ich sehe zu, was ich machen kann", sagte Achim und griff zum Telefon.

„Wäre gut, Klaus-Dieter hat nämlich schon angefangen", rief ihm Upmann beim Verlassen des Büros zu.

Empört sah ihm Krause hinterher, schüttelte den Kopf und brüllte: „Macht denn hier jeder, was er will?"

Kapitel 10

Bernd Upmann kehrte ins Büro zurück. Dort hatte Beau in der Zwischenzeit das Board erweitert und eine Spalte hinzugefügt. Er beschriftete das große Blatt mit: Ergebnisse IT-Mitarbeiter Klaus-Dieter Bartzig.

„Ist das nicht ein wenig übertrieben?", fragte Upmann ihn.

„Auf keinen Fall", antwortete Beau, „wir brauchen klare Strukturen und Übersichten."

„Ich brauche vor allem erst einmal ein vernünftiges Frühstück", entgegnete Upmann und rieb sich über seinen Bauch.

Dieser grummelte laut und vernehmlich.

„Wir haben dir noch ein Croissant aufgehoben", sagte Maja und zeigte auf eine Tüte, die auf ihrem Schreibtisch lag.

„Ich sagte, etwas Vernünftiges", erwiderte Upmann und lächelte, „bin gleich wieder da."

Damit verließ er das Büro und lief zum Metzgereigeschäft.

Der Besitzer begrüßte ihn freundlich, als er das Geschäft betrat.

„Wie immer, Bernd?"

„Heute nehme ich die Frikadellenbrötchen mit Remoulade. Hast du die selbst gemacht?", antwortete Upmann.

„Klaro, die ist sehr lecker, glaube mir", bekam er zur Antwort.

„In Ordnung, dann gib mir gleich drei Brötchen", bestellte er.

Eines würde er seinem Kumpel Klaus-Dieter mitbringen.

Kurze Zeit später war er wieder im Büro und setzte sich sofort an seinen Schreibtisch. Dort packte er sein Brötchen aus und biss herzhaft hinein. Maja rümpfte die Nase und rief: „Schon wieder Zwiebeln? Das riecht echt streng. Mach lieber schon einmal das Fenster auf."

„Du weißt gar nicht, was gut ist", erwiderte Upmann und schmatzte dabei.

„Mist", fluchte er und legte das Brötchen zur Seite. Mit einem Taschentuch versuchte er, einen Remouladenflecken von seinem Pullover zu entfernen.

„Mit Messer und Gabel essen, dann passiert so etwas nicht", lachte Beau und reichte Bernd ein weiteres Tuch.

„Klaro, Frikadellenbrötchen mit Besteck essen, das

kann auch nur einem Engländer einfallen", meckerte er und griff nach dem Tuch.

„Fangt nicht schon wieder an", sagte Maja und schüttelte den Kopf.

Wie die Kinder benahmen sich die beiden. Ständig ärgerten sie sich gegenseitig.

Nach einigen Versuchen gab Upmann es auf. Der Fleck ging nicht raus. Er würde den Pullover gegen Abend in die Wäsche schmeißen.

„Wie kann man eigentlich um diese Uhrzeit...", rief Beau und verstummte, als er einen Blick von Maja einfing.

Upmann ließ sich nicht mehr stören und verspeiste auch das zweite Brötchen mit Hingabe.

„Das war lecker", rief er und knüllte die Papiertüte zusammen. Dabei sah er auf die Uhr im Büro und stand auf.

„Ich fahre zu Klaus-Dieter und höre einmal nach, ob er schon etwas herausgefunden hat."

„In Ordnung", antwortete Maja, „ich mache heute früher frei. Meine Mutter braucht Hilfe."

„Geht klar", erwiderte Upmann und sah zu Beau herüber.

„Ich werde mit England telefonieren und mich nach dem Stand der Ermittlungen erkundigen. Dort wollte man weitere Fälle auf Übereinstimmungen prüfen."

Gemeinsam mit Maja verließ Upmann das Büro. Vor dem Gebäude sprach er sie an:

„Wie geht es deiner Mutter? Kommt sie alleine klar?"

Maja zuckte mit den Schultern und antwortete:

„Papas Tod hat sie echt mitgenommen. Vor mir spielt sie das natürlich herunter, doch man kann es an vielen Dingen merken. Die Wohnung ist nicht mehr so aufgeräumt, sie achtet weniger auf ihre Kleiderwahl und noch so einiges."

Der Vater von Maja Brand war letztes Jahr unverhofft an einem Herzinfarkt gestorben. Seit dieser Zeit kümmerte sie sich intensiver um ihre Mutter. Begleitete sie bei Behördengängen und erledigte den ganzen Papierkram. Da sie keine Geschwister hatte, die ihr etwas abnehmen könnten, stemmte sie diese Aufgabe neben dem stressigen Polizeijob. Das war nicht immer leicht, doch mit Upmann hatte sie einen Chef, der sie gerne unterstützte.

Leider blieb ihr kaum freie Zeit für Hobbys. Außer ein oder zwei Mal die Woche joggen und sonntags schwimmen fahren, mehr war nicht möglich. Gerne hätte sie einen Hund, doch daran war überhaupt nicht zu denken.

„Bestell ihr schöne Grüße von mir", sagte Bernd und stieg in sein Dienstfahrzeug.

„Mach ich", rief Maja und winkte.

Upmann steuerte den Wagen in den Verkehr und war kurze Zeit später vor der Mietwohnung von Klaus-Dieter angekommen. Er suchte nach einem Parkplatz und freute sich, da in dem Moment vor ihm ein Fahrzeug ausparkte. Stellenweise war es schwierig geworden, in Lingen freie Parkmöglichkeiten zu finden.

Er suchte die Türklingel auf dem großen Block des Mehrfamilienhauses. Die ganze Straße bestand aus diesen riesigen Häusern, in denen bis zu dreißig Parteien lebten. Der Türsummer ertönte und er drückte die Eingangstür auf. Klaus-Dieter wohnte im dritten Stock und Upmann entschied sich heute einmal für das Treppenhaus. ‚Ein wenig Bewegung war ja nicht das Schlechteste', dachte er und grinste.

Die Wohnungstür war nur angelehnt und Upmann trat ein. Im Flur stapelten sich Kartons und Kabelreste lagen auf dem Boden verstreut. Er schüttelte den Kopf und rief: „Du musst mal wieder aufräumen, Klaus-Dieter."

„Ja, mache ich, sobald ich Zeit habe. Mir ist ein Server ausgefallen. Autsch", brüllte sein Kumpel aus dem Nachbarzimmer.

Kurz darauf erschien er in der Tür und rieb sich den Hinterkopf.

„Ich musste den ganzen Vormittag schon auf dem Boden herumkriechen und sämtliche Verbindungen checken", jammerte er, „und das, obwohl ich so viel zu tun habe."

„Jetzt nimm dir erst mal Zeit, um etwas zu essen", sagte Upmann und hielt seinem Freund die Brötchentüte entgegen.

„Klasse. Dankeschön, da bin ich heute noch gar

nicht dazu gekommen", entgegnete Klaus-Dieter und trat in die kleine Küche.

Dort stand ein winziger Tisch mit zwei Stühlen.

„Setz dich", sagte er zu Upmann, „Kaffee oder Bier?"

„Kaffee wäre nicht schlecht. Für Bier ist es noch zu früh", lachte dieser.

Klaus-Dieter bereitete den Kaffee zu. In der Zwischenzeit warf Upmann einen Blick ins Arbeitszimmer seines Freundes. Er schüttelte den Kopf. Wie jemand in einem solchen Chaos klar kam, erschloss sich ihm nicht. Er war mit Sicherheit kein Vorbild in Sachen Ordnung, doch das hier war schwer zu toppen.

„Hast du schon etwas herausgefunden?", fragte Upmann und sah seinen Freund an.

„Nein, noch nicht, dazu ist es noch zu früh", erwiderte dieser, „doch auf meinem Schreibtisch liegt etwas für dich über euren Engländer."

Bernd betrat den Raum und bemühte sich, nicht auf irgendwelche Kabel und Stecker zu treten. Er suchte den Tisch ab und fand zwei Seiten. Sie waren geklammert und die Überschrift lautete: Dossier Inspektor Charles Henry Beaufort. „Interessant", murmelte er und nahm die Blätter an sich.

„Kaffee ist fertig", erscholl es aus der Küche. Upmann steckte die Blätter ein und entschied, diese heute Abend in Ruhe zu lesen.

Kapitel 11

Merten lief im gleichmäßigen Tempo am Ufer der Ems entlang. Der Anlegesteg des Hotels lag auf gleicher Höhe. Dort ankerte soeben das hoteleigene Fahrgastboot und wartete auf Gäste. Die nächste Fahrt startete um sechzehn Uhr. Das Boot würde zwei Stunden später wieder anlegen und die Besatzung hätte Feierabend. Er absolvierte Dehnübungen, dann standen Liegestützen auf dem Programm. Jeden Tag zog er das durch. Körperliche Leistungsfähigkeit war wichtig in seinem Job!

Zumal ihm der Sport half, sein Gewicht zu halten. Da er sich oft verkleidete und seine Körperformen veränderte, war es ideal, von schlanker Figur zu sein. „Zweihundert", zählte er mit leiser Stimme und erhob sich vom Boden. Zufrieden hatte er registriert, dass ein kleines Ruderboot am Steg lag. Es wurde scheinbar nicht häufig benutzt und war nur mit einem Seil gesichert. Sein Plan war es, nach der Tat mit diesem Boot überzusetzen und dann mit seinem Fahrzeug zu verschwinden. Einen geeigneten Parkplatz hatte er sich schon ausgesucht.

An einer Schutzhütte für Wanderer standen jeden Tag Autos auf den dort markierten Flächen. Da würde sein Wagen nicht auffallen. Der Fluchtweg über die Rückseite des Hotels war sicherer. Vor dem Eingang und an den seitlichen Gebäuden waren Bewegungsmelder und Kameras angebracht. Die Hinterseite des Hauses war nicht überwacht. Darüber konnte man nur den Kopf schütteln, so naiv war das. Jeder Einbrecher würde sich freuen, so wie er jetzt!

Den Zugang zur Suite würde er sich über die Fluchttreppe verschaffen, die an der gesamten Rückseite des Gebäudes verlief. Er benötigte die Zimmernummer und hatte seinen Auftraggeber kontaktiert. Diese Daten waren hier vor Ort nur schwer zu beschaffen. Die Rezeption war dauerhaft besetzt. Selbst wenn er sich in einem günstigen Moment Zugang zum PC verschaffen könnte, war das Risiko entdeckt zu werden, zu groß.

Die Antwort ließ nicht lange auf sich warten. Suite 244 war es, sie lag genau in der Mitte des Gebäudes. In der Nacht vor der Anreise würde er das Fenster mit einem Glasschneider bearbeiten. Der Einstieg an sich würde schnell funktionieren, wenn er alles vorbereitet hätte.

Er lief langsam zum Hotel zurück. Dort nahm er eine heiße Dusche und setzte sich danach nur mit einem Bademantel bekleidet an den Tisch. Er trug weitere Daten auf seinen Plan ein. Die Fahrzeiten des Bootes. Anzahl der Besatzungsmitglieder und wann diese das Schiff verließen. Wie lange er brauchen würde, um vom anderen Ufer zu seinem Auto zu gelangen. Das Übersetzen mit dem Ruderboot konnte er nur schätzen.

Nachdem er damit fertig war, kleidete er sich an und verließ sein Zimmer. In der Hotelhalle grüßte er die Dame an der Rezeption freundlich und lief hinaus. Er hatte etwas in der Stadt zu erledigen.

Eine halbe Stunde später parkte er vor einer Autoverleihfirma. Für die Flucht brauchte er einen neuen Wagen. Damit würde er nach Holland reisen und dort vom Flughafen Amsterdam - Schiphol in die Karibik fliegen. Das Ticket hatte er schon gebucht, es würde am Schalter für ihn bereit liegen. Ein Lächeln erschien auf seinem Gesicht. Karibik. Dort würde er seinen Lebensabend verbringen. Geld genug hatte er zusammen, spätestens nach diesem Auftrag.

Er betrat das Büro der Firma und grüßte die Dame am Empfang freundlich.

„Ich benötige einen Wagen ab Freitag, für drei Tage, was können Sie mir anbieten?", fragte er freundlich.

„Einen kleinen Moment, ich schaue nach, welcher Wagen frei ist", antwortete die Angestellte.

„Fünf Fahrzeuge wären ab dem Tag verfügbar, wenn Sie einmal schauen möchten", sagte die Frau und drehte den Bildschirm so, dass er einen Blick darauf werfen konnte.

„Der Geländewagen wäre interessant", sagte er und zeigte mit seinem Finger auf das Bild.

„Dann bereite ich doch gleich den Vertrag vor", bekam er zur Antwort, „setzen Sie sich doch so lange dorthin. Möchten Sie einen Kaffee?"

„Ein Glas Wasser wäre nett", erwiderte er.

„Bringe ich Ihnen sofort."

Der Vertrag war rasch erklärt und alle Daten eingetragen. Die Dame kopierte seinen Führerschein und er setzte seine Unterschrift auf das Papier. Bezahlt hatte er in bar. Bei dem geringen Betrag war das nicht zu auffällig. Er bedankte sich freundlich und verließ das Büro. Herr Axel Schwarm würde am Freitagmorgen mit dem Geländewagen in die Freiheit verschwinden! Der Gedanke daran ließ ihn erneut lächeln.

Kapitel 12

Upmann setzte sich zu seinem Freund an den Tisch. Der hatte für beide einen großen Becher Kaffee eingegossen. Kopfschüttelnd sah er zu, wie Klaus-Dieter etliche Löffel Zucker in seinen Kaffee füllte.

„Das schmeckt doch nicht mehr", sagte er und es schüttelte ihn.

„Klar. Der Trank muss heiß und süß sein, sonst wirkt er nicht", antwortete Klaus-Dieter und schlürfte lautstark seinen Kaffee.

Er packte das Brötchen aus und biss herzhaft hinein.

„Hm, lecker", sagte er schmatzend zwischen zwei Happen.

„Du bist ja ausgehungert", schimpfte Bernd, „isst du denn gar nicht regelmäßig?"

Er sorgte sich um seinen Kumpel. Der ernährte sich scheinbar nur von Fastfood oder Fertigsuppen. Der Mülleimer quoll über von den Verpackungen.

„Das sagt der Richtige", antwortete Klaus-Dieter und lachte.

Er leckte sich die Finger ab, knüllte die Tüte

zusammen und warf sie hinter sich in den Mülleimer. Da der schon voll war, rollte sie auf den Boden.

„Räum ich später weg", sagte er und stand auf, „komm mit, ich zeig dir, was ich gemacht habe."

Die beiden gingen in das Büro. Klaus-Dieter setzte sich an seinen Schreibtisch und hämmerte auf seiner Tastatur Befehle ein. Vier riesige Bildschirme standen im Kreis angeordnet vor ihm und leuchteten auf.

„Ähm, wo soll ich mich hinsetzen?", fragte Bernd und sah sich nach einer Sitzgelegenheit um.

Sein Freund reagierte gar nicht und tippte mit rasender Geschwindigkeit. Upmann zuckte mit den Schultern und ging in die Küche, schnappte sich einen Stuhl und kehrte ins Zimmer zurück. Mit den Füßen schob er Gegenstände an die Seite und hoffte insgeheim, nichts zu beschädigen oder gar eine Datenleitung zu kappen. Dann setzte er sich und sah seinem Freund zu.

Zahlenkolonnen huschten über die Bildschirme und verschwanden wieder. Neue Fenster öffneten sich und schlossen sich wieder. Klaus-Dieter kommentierte einzelne Aktionen mit derben Sprüchen. Upmann saß tatenlos neben ihm und fing an, sich zu langweilen.

„Was machst du denn da?", fragte er.

„Sofort, ich bin gleich drin", rief sein Kumpel mit spürbar erregter Stimme.

„Aha", erwiderte Upmann und sah auf seine Armbanduhr.

Wie lange er hier sitzen würde? Heute Abend lief

ein Fußballspiel im Fernsehen, das wollte er sich anschauen.

Urplötzlich schlug Klaus-Dieter mit einer Hand auf den Tisch und Upmann zuckte zusammen.

„Yeah, ich habe es geschafft", jubelte er und sah seinen Freund an.

„Pass auf. Du hast mich gebeten, die Ehemänner der ermordeten Frauen zu überprüfen", fing er an zu erklären, „das wird auf jeden Fall eine ganze Weile dauern, soviel ist sicher."

„Warum?", fragte Bernd.

„Die beiden sind schwerreich und besitzen zusammen ein riesiges Firmengeflecht. Ich habe mit dem Ehemann aus Mannheim angefangen."

„Und was hast du herausgefunden?", fragte Upmann.

„Kurzfassung. Der macht seine Kohle mit Immobilien. Hauptsitz seiner Firmengruppe ist die Schweiz. In Deutschland gibt es Standorte in vielen großen Städten, wie Frankfurt, München, Hamburg und so weiter. Gekauft wird alles, was sich wieder zu Geld machen lässt. An- und Verkauf von Grundstücken oder aber ganze Wohnviertel in den Großstädten. Der Firma gehören fast zweihunderttausend Wohnungen. Zusätzlich gibt es eine Edelsparte für die gut betuchten Mitbürger. Da wechseln schon einmal ganze Inselketten den Besitzer."

Upmann kratzte sich am Kinn und sagte:

„Okay, wir reden hier über viel Geld, das habe ich verstanden. Wie geht es weiter?"

„Jetzt werde ich mich um den Ehemann hier aus Lingen kümmern. Das gleiche Spiel, ich suche mir die Daten zusammen und hacke mich in die Hauptzentrale."

„Das ist aber nicht legal, mein Freund. Was passiert, wenn du auffliegst?", sagte Upmann.

„Sag mal Bernd, wie naiv bist du? Wenn du möchtest, kannst du ja dort anrufen und nett nachfragen, die erzählen dir bestimmt alles, was du wissen möchtest", erwiderte sein Kumpel und sah ihn empört an.

„Ist ja schon gut", entschuldigte Upmann sich und hob die Hände, „war nur eine Frage."

„Ich gehe vorsichtig zu Werke, ist ja nicht mein erster Auftrag dieser Art. Und irgendwie muss ich diesen ganzen Krempel hier auch finanzieren", sagte sein Freund und zeigte mit einem Finger auf die Ausstattung in dem Raum.

„So ganz wohl ist mir nicht bei der Sache", wandte Upmann ein.

„Sollten sie mich wirklich packen, dann haust du mich raus", entgegnete Klaus-Dieter und lachte, „das ist doch wohl Ehrensache."

Bernd Upmann stand auf und klopfte Klaus-Dieter auf die Schulter. „Du machst das schon, ich verlass mich auf dich. Ich hau jetzt ab, brauchst mich nicht hinauszubegleiten. Den Weg finde ich alleine."

„Ist er wieder witzig", frotzelte Klaus-Dieter und starrte erneut auf seine Bildschirme.

Upmann öffnete die Wohnungstür und wollte gehen, da rief ihm sein Kumpel hinterher: „Dein Konto ist in den Miesen, soll ich mich in die Bank hacken?"

Er zuckte zusammen und lief zurück.

„Wie kommst du denn auf so einen Quatsch?", sagte er und stutzte, als er das Gesicht seines Freundes sah.

„Kleiner Scherz, mach es gut", rief dieser und grinste.

„War das witzig", rief er im Hinausgehen und zog die Tür zu.

Kapitel 13

Upmann stieg in den Dienstwagen und überlegte. Es war jetzt zwölf Uhr. Bevor er ins Büro zurückkehrte, würde er zum Einkaufen fahren. Sie hatten eine Dienstbesprechung um vierzehn Uhr angesetzt, ihm blieb somit genug Zeit. Er steuerte den Wagen in den Verkehr und parkte wenige Minuten später auf dem Parkplatz des riesigen Einkaufscenters. Dort schnappte er sich einen Einkaufswagen und lief in die Tiefkühlkostabteilung. Pizzen und Fertiggerichte wurden eingepackt. Seit seine Frau ihn verlassen hatte, kochte er nur selten frisch. Für eine Person lohnte sich der Aufwand nicht, brachte er immer zur Entschuldigung an, wenn er gefragt wurde.

Eine Stunde später saß er schon wieder im Büro und schlürfte an seinem Kaffee, den er frisch aufgebrüht hatte. Maja und Beau waren unterwegs und er genoss die Ruhe. Vor ihm lag das Dossier über Charles Henry Beaufort II. aus England. „Das ist ja der Hammer", entfuhr es ihm und er las weiter. Der Großvater von Beau, Geheimdienstmitarbeiter in den Diensten ihrer

Majestät, war von einem Einsatz nicht zurückgekehrt und galt seitdem als verschollen.

Dieser hatte nur selten auf dem Familienanwesen der Beauforts gewohnt, da er die meiste Zeit seines Lebens in der Welt umhergereist war. Die Eltern von Charles Henry lebten dort. Er war ein Einzelkind. Die Mutter stammte aus einer Diplomatenfamilie und engagierte sich in verschiedenen Wohltätigkeitsorganisationen. Der Vater, ein ranghohes Tier bei Scotland Yard., hatte mehrfach versucht, seinen Sohn dort unterzubringen. Beau hatte jedes Angebot abgelehnt und sich darüber mit seinem Vater zerstritten.

Die beiden redeten nicht mehr miteinander. Beau besuchte seine Mutter nur, wenn sein Vater nicht im Haus war. Sein Erbe wurde ihm ausgezahlt. Das Geld hatte er bei verschiedenen Banken angelegt. Upmann pfiff leise und murmelte: „Der Junge hat satte vier Millionen Pfund auf der hohen Kante, nicht schlecht."

Er fragte sich, wie Klaus-Dieter an diese hochsensiblen Informationen gekommen war und schüttelte mit dem Kopf. ‚Hoffentlich hinterlässt der keine Spuren bei seinen Recherchen', dachte er sich.

Schritte waren zu hören und die Tür öffnete sich. Schnell legte Upmann die Blätter auf den Tisch und eine Mappe darüber.

„Hallo ihr zwei", begrüßte er Maja und Beau, die eingetreten waren.

„Moin Chef", antwortete Maja und setzte sich an ihren Schreibtisch.

„Gibt es Neuigkeiten von deinem Freund?", fragte Beau und sah ihn mit einem neugierigen Blick an.

„Oh ja", erwiderte Bernd, „nehmt euch einen Kaffee, der ist frisch, setzt euch hin und hört zu."

Er fing an zu erzählen.

„Wir wissen jetzt, womit der Ehemann von unserem Opfer aus Mannheim sein Geld verdient - nicht wenig, wenn ich das hier mal so erwähnen darf."

„Womit denn?", fragte Beau.

„Immobiliengeschäfte im ganz großen Stil", erwiderte Bernd.

„Weltweit wird gekauft und verkauft, was das Zeug hält. Selbst Inseln werden zu Geld gemacht. Die Firma ist ganz groß im Geschäft."

Beau stand auf und notierte die Daten auf seinem Bord. Er drehte sich um und fragte: „Gibt es auch schon etwas zu unserem Opfer aus Lingen?" Upmann schüttelte den Kopf und antwortete: „Er arbeitet daran, könnte aber eine Weile dauern."

„Wie stellt er das bloß an, das erfährt er bestimmt nicht über die offizielle Webseite", fragte Maja.

„Glaub mir, das möchtest du nicht wissen", entgegnete Bernd und grinste, „doch uns kann es egal sein, Hauptsache wir erhalten Informationen."

„Ich habe da auch interessante Neuigkeiten", sagte Beau und lief zu seinem Schreibtisch.

Dort zog er Papiere aus einem Fach und begann vorzulesen: „Meine Kollegen aus England haben einen Treffer in der Datenbank gelandet. Mit der gleichen Waffe ist mindestens ein weiteres Opfer getötet worden und zwar in Brasilien."

„Sieh an, interessant", sagte Upmann und zeigte auf die Tafel, „steht das da schon?"

Maja verdrehte die Augen, ihr Chef konnte es einfach nicht lassen. Stets spielte er mit dem Feuer. Beau legte die Papiere wieder ordentlich zurück und trat an das Board. Dort fügte er eine neue Spalte ein und beschriftete diese.

„Den Bericht erhalte ich per Mail. Werde ihn dann hier noch anbringen", sagte er und sah Upmann an.

Bevor dieser etwas erwidern konnte, klopfte es an der Tür und ein uniformierter Beamter trat ein.

„Bernd, komm mal mit, wir haben da etwas, was dich interessieren könnte", sagte dieser.

„So, was denn?", fragte Upmann neugierig und erhob sich.

„Der Typ, der dich letztens verprügelt hat, sitzt im Verhörzimmer und schimpft wie ein Rohrspatz auf einen Immobilienmakler aus Lingen. Ermittelt ihr nicht in diesem Fall?"

„Den knöpf ich mir vor, sehr gut gemacht, Kalle", bedankte sich Upmann und folgte dem Beamten.

„Sollen wir mitkommen?", rief Maja ihm hinterher und erhielt keine Antwort.

„Das nennst du Zusammenarbeit?", fragte Beau und lächelte sie an.

Maja zuckte mit den Schultern und stand auf. Sie

schloss die Tür, stellte sich vor ihren Kollegen und küsste ihn auf den Mund.

„Gefällt dir das besser. Fördert die Zusammenarbeit", sagte sie lächelnd.

„Auf jeden Fall. Dafür wäre ich bereit, Überstunden zu machen", antwortete Beau und versuchte, sie an sich zu ziehen.

„Nix da, wir sind im Dienst, erst die Arbeit", rief sie und drohte im spielerisch mit dem Finger.

Schmollend zog sich Beau an seinen Schreibtisch zurück und suchte in seinen Papieren.

„Hast du die Mappe aus der Gerichtsmedizin gesehen?", fragte er.

„Die liegt bei Bernd auf dem Schreibtisch", antwortete Maja und studierte die Tafel.

Sorgfältig las sie sich jeden Hinweis, der dort stand, durch und dachte darüber nach.

„Hast du sie gefunden?", fragte sie und drehte sich um. Beau saß am Schreibtisch von Upmann und hielt das Dossier über sich und seine Familie in den Händen. Die gesuchte Mappe hatte darauf gelegen und er hatte das Papier entdeckt, als er diese mitnehmen wollte.

„Ist etwas passiert?", fragte Maja alarmiert, als sie den Gesichtsausdruck ihres Partners sah.

„Dein Chef stellt Ermittlungen über mich an", zischte Beau und kniff die Lippen zusammen. Entgeistert stürzte Maja an den Schreibtisch und nahm ihm die Papiere aus der Hand.

„So ein Idiot, warum macht er das?", schimpfte sie.

„Keine Ahnung, aber ich werde ihn fragen. Doch vorher habe ich noch etwas zu erledigen", sagte Beau und stand auf.

Er zog sich seine Jacke an und drehte sich noch einmal zu Maja um.

„Heute Abend um neunzehn Uhr beim Italiener? Ich hole dich ab" - damit verließ er das Büro.

Kapitel 14

Bernd Upmann war auf dem Weg zum Verhörzimmer. Der Beamte, der im Überwachungsraum saß, nickte ihm zu. Ohne zu klopfen, betrat er den Raum und schloss die Tür. Zwei Tische standen in dem Zimmer. An dem einen saß ein Beamter, der einen Schreibblock vor sich liegen hatte. Auf der anderen Tischseite der Mann, der Upmann in der Kneipe eine gelangt hatte. Dieser sah ihn kurz an, zeigte aber keine Reaktion.

„Warum bin ich denn im Verhörzimmer?", rief er mit aufgebrachter Stimme und sah erneut zu Upmann.

Jetzt hatte er ihn erkannt.

„Hat der Typ mich angezeigt und ihr wollt mir was ans Zeug flicken oder was?", kreischte er los.

„Hör auf zu schreien und beruhig dich", erwiderte Upmann und gab dem Beamten ein Zeichen, das Zimmer zu verlassen.

Dieser sah irritiert auf, wagte aber nicht, ihm zu widersprechen. Mit dem Bullen legte man sich besser nicht an, vor allem, wenn er so wütend aussah. Upmann setzte er sich auf den freien Platz und sagte:

„Willst du was trinken?“.

„Seit wann duzen wir uns?“, bekam er zur Antwort. Upmann sah ihn an und seufzte:

„Jetzt pass mal auf. Erst kloppst du mir eine aufs Auge und beleidigst mich. Glaubst du allen Ernstes, ich würde dich siezen?“

„Ist ja schon gut“, lenkte sein Gegenüber ein.

„Ich bestell mir jetzt einen Kaffee, für dich auch?“, fragte Upmann erneut.

„Ja, bitte“, bekam er zur Antwort, „warum bin ich denn jetzt hier?“

Upmann griff zum Telefon, das vor ihm auf dem Tisch stand, und bestellte zweimal Kaffee.

„Das werde ich dir verraten. Doch erst einmal, ich habe dich nicht angezeigt und keiner will dir was anhängen“, sagte Upmann.

Es klopfte und ein Beamter brachte zwei Becher Kaffee herein.

„Das soll ich dir noch geben“, sagte der und reichte Bernd eine dünne Akte.

„Danke dir“, erwiderte dieser und griff nach seinem Getränk.

Vorsichtig schlürfte er daran und verzog die Lippen. „Autsch, ist der heiß“, schimpfte er.

Er öffnete die Akte und begann zu lesen.

„Was ist denn jetzt?“, fragte der andere Mann und nahm sich den anderen Becher Kaffee.

„Stefan Michalske, geboren 1974 in Bochum, richtig?“, fragte Upmann.

Der Mann nickte.

„Hm, keine Vorstrafen. Arbeitet zurzeit in einer Baufirma in Meppen", fuhr er fort.

„Ja, stimmt alles, also was soll das hier?", antwortete Stefan.

Upmann schloss die Akte und sah ihn an.

„Du bist hier, damit man dir wegen der Schlägerei einmal ordentlich die Meinung geigt. Ich habe dich nicht angezeigt, doch mein Dienststellenleiter meinte, das wäre das Mindeste."

„Und dafür führt ihr mich ins Verhörzimmer?", fragte Stefan, „ich war doch erst in einem anderen Raum."

„Jetzt geht es um Mord", sagte Upmann und sah ihm in die Augen. Stefan Michalske wechselte die Gesichtsfarbe von Rot auf Käsigweiß.

„Was ist das für ein Scheiß, Alter", stammelte er und stellte seinen Becher so heftig auf den Schreibtisch, dass dieser überschwappte.

„Das ist kein Witz. Wir haben eine tote Frau aus Lingen. Verheiratet mit einem Immobilienmakler. Du meckerst und brüllst in der Wache herum, man sollte solchen Immobilienfritzen den Schädel einschlagen", entgegnete Upmann ungerührt.

„Das, das habe ich doch nur so daher gesagt", stammelte Stefan.

„Und zufälligerweise bist du auch noch Sportschütze, wie ich der Akte entnehmen kann", redete Upmann weiter.

„Werde ich jetzt beschuldigt, diesen Mord begangen zu haben? Brauche ich einen Anwalt?", fragte Stefan mit leiser Stimme.

„Ich würde dir raten, einen Anwalt anzurufen, solange bleibst du hier bei uns", erwiderte Upmann und stand auf.

Er ging zur Tür, öffnete sie und winkte dem Beamten zu.

„Bring ihn in die Zelle. Er darf einen Anwalt anrufen, dann sehen wir weiter."

„Alles klar", antwortete dieser und betrat den Raum.

„Kommen sie bitte mit mir", forderte der Beamte Stefan Michalske auf.

Upmann verließ die beiden und ging zu seinem Büro zurück.

Er betrat das Zimmer und sah Maja, die an ihrem Schreibtisch saß.

„Beau gar nicht da?", fragte er. „Der musste noch was erledigen", entgegnete sie schnippisch.

Upmann runzelte die Stirn. „Habt ihr beiden Stress?", sagte er und sah sie an.

„Wie kommst du denn darauf?", erwiderte sie.

„Deine Stimmung scheint nicht die Beste zu sein, so wie du dich anhörst."

Sie stand auf und zog sich ihre Jacke an.

„Wer daran wohl schuld ist? Bin auch weg", rief sie und verließ das Büro.

‚Habe ich etwas verpasst?', dachte er sich und setzte sich an seinen Platz. Er runzelte die Stirn. Lag da nicht vorhin noch eine Mappe? Und wo war das Dossier? Er öffnete seine Schreibtischschubladen und fing an zu suchen. Es war verschwunden! Das war der Grund für ihre Laune! In diesem Moment piepte sein Handy und eine Nachricht war eingetroffen: „Treffen uns um fünf Uhr in deinem Stammlokal. Beau." „Was soll das denn jetzt?", murmelte Upmann mit leiser Stimme.

Kapitel 15

Pünktlich um sechzehn Uhr verließ er schlechtgelaunt sein Büro. Ein Kollege hatte ihm einen Bescheid der Verkehrsüberwachung nebst Blitzerfoto in die Hand gedrückt.

„Ist das euer Ernst?", hatte er diesen gefragt, „mach doch einfach einen Vermerk und gut ist."

„Das klär mal schön selber mit dem Chef, Bernd", bekam er zur Antwort.

Fluchend hatte er den Wisch auf den Tisch geknallt. ‚Das würde gleich morgen zum Dienstbeginn eine Diskussion mit Achim geben', dachte er sich. Er stieg in den Wagen und legte einen Zwischenstopp bei seinem Lieblingstürken ein. Dort bestellte er sich einen Döner XXL. Sein Magen verlangte nach Nahrung!

„Bitte schön, Chef, mit viel Knoblauch und Zwiebeln", sagte der Besitzer und servierte den Döner auf einem Teller.

„Sieht lecker aus, Mustafa, wie immer", lobte Bernd ihn und biss herzhaft hinein.

„Schmeckt auch klasse, machst du mir eine große Cola", rief er mit vollem Mund.

„Kommt sofort", bekam er zur Antwort. Abwechselnd trank er einen Schluck und aß weiter.

„Mist", fluchte er und griff nach seiner Serviette.

Hektisch versuchte er den, Soßenklecks abzuwischen, aber er verteilte ihn stattdessen. Mitten auf der Brust seines Pullovers hatte er ein schönes weißes Muster eingerieben.

„Ey Chef, das sieht aber nicht aus. Willst du ein nasses Tuch haben?", fragte der Besitzer und grinste ihn an.

„Ach, leck mich doch", murmelte Upmann und nahm sein Geschirr in die Hand.

Er stellte es auf den Tresen, legte das Geld daneben und verabschiedete sich.

Kurz vor der vereinbarten Zeit betrat er sein Stammlokal. Er steuerte direkt auf den Tresen zu und bestellte sich ein Bier. Der Wirt begrüßte ihn und sagte:

„Du wirst schon erwartet Bernd. Hinten im Separee."

Er stutzte und erwiderte:

„Na, dann ist es ja wohl wichtig."

Der Wirt zuckte mit den Schultern und bediente weitere Gäste. Upmann nahm sein Bierglas und durchquerte das Lokal. Am Ende befand sich ein kleines Zimmer mit einer stabilen Eichentür. Diese war von der Innenseite mit einem dicken Lederbezug versehen. So drang nicht ein Ton nach draußen.

Er öffnete die Tür und trat ein. Am Tisch saßen

Beau, Maja und Klaus-Dieter. Er runzelte die Stirn und rief: „Moin, was ist hier denn los?"

„Mach die Tür zu und setz dich hin", bekam zur Antwort.

„Ja sag mal, wie redest du denn mit mir?", pflaumte Upmann seinen Kollegen an.

„Warum spionierst du mir hinterher?", fragte Beau und sah ihn ungerührt an. Von Wutausbrüchen jeglicher Art ließ er sich nicht beeindrucken.

„Bernd hat mit der Sache nichts zu tun", wandte Klaus-Dieter ein und sah niedergeschlagen auf den Tisch.

Maja sah ihn an und sagte: „Du willst ihn doch jetzt wohl nicht in Schutz nehmen?"

Klaus-Dieter schüttelte den Kopf und wollte antworten, wurde aber von Upmann unterbrochen.

„Ist schon gut! Es stimmt, ich habe das nicht in Auftrag gegeben. Doch ich hätte es gemacht, wenn er mir nicht zuvorgekommen wäre", sagte Upmann.

„Warum, was habe ich dir getan?", fragte Beau.

„Nichts", knurrte Bernd, „ich war neugierig. Du trägst richtig teure Klamotten. Zahlst locker die Deckel in der Kneipe und verhältst dich allgemein nicht wie jemand, der hart für seine Kohle arbeiten muss."

Maja schüttelte den Kopf und rief: „Echt jetzt, Bernd, schäm dich."

„Und ...", begann dieser und brach ab.

„Und was?", hakte Beau nach.

„Ich wollte wissen, was für ein Typ du bist. Maja fährt voll auf dich ab und ich möchte nicht, dass sie auf einen windigen Hallodri reinfällt", rechtfertigte sich Upmann und hob abwehrend die Hände, als er Majas Blick sah.

„Du weißt schon, dass ich erwachsen bin und auf mich selber aufpassen kann?", sagte sie scharf.

„Verstanden", antwortete Bernd und sah sie mit einem Hundeblick an.

„Dann hätten wir das ja schon einmal geklärt", rief Beau und fragte Maja, „würdest du eine Runde Getränke holen. Rechnung auf Bernd?"

Maja runzelte die Stirn, es gab eine Klingel in dem Raum, für die Bedienung, doch ihr Freund nickte ihr unmerklich zu.

Sie stand auf und verließ das Zimmer.

„Ich habe mich auch ein wenig schlau gemacht, Bernd", erzählte Beau. Dieser sah ihn an; etwas an der Betonung ließ ihn aufhorchen und ein flaues Gefühl breitete sich in seinem Bauch aus.

Beau zog einen Zettel aus seiner Hosentasche und fing an zu lesen:

„Hauptkommissar Bernd Upmann. Alter 50 Jahre. Zweimal geschieden. Ausbildung bei der Schutzpolizei mit achtzehn begonnen. Drei Jahre Bereitschaftseinheit, dann Versetzung zur Kriminalpolizei Lingen."

„Das steht doch in meiner Akte", unterbrach ihn Upmann und sah sein Gegenüber an.

„Das Beste kommt jetzt", fuhr er fort und lächelte süffisant. „Scheidung von Ehefrau Jana nach fünf Jahren Ehe. Alkohol und Spielhallen wurden zum Tagesablauf unseres Kommissars. Achim Krause, der zusammen mit ihm die Ausbildung absolviert hatte, hielt die Hand über ihn und lieh ihm Geld. Ein Disziplinarverfahren wegen einer Schlägerei mit einem Verdächtigen. Dort hat Krause ihm ebenfalls mit einer Falschaussage zur Seite gestanden."

Upmann schluckte und wurde blass. Woher hatte der Kerl diese Informationen?

Beau redete weiter: „Nach einer Auszeit hatte Kommissar Upmann sich wieder im Griff und erarbeitete sich einen Ruf als Ermittler, der gerne zu unkonventionellen Mitteln greift. Bei einer Festnahme eines Verdächtigen wurden Beweismittel gesichert. Es fehlte Bargeld in Höhe von fünfzigtausend Euro. Das entsprach ziemlich genau der Summe seiner Spielschulden, die Achim Krause für ihn übernommen hatte. Das Geld ist nie wieder aufgetaucht, doch es gab mehrere Einzahlungen auf das Konto von Krause, die der Summe entsprachen."

Upmann schluckte schwer und räusperte sich: „Ich habe verstanden, das reicht jetzt."

Beau faltete das Papier zusammen und sah ihn mit hartem Blick an. „Ich habe ebenfalls Möglichkeiten, Dinge ans Licht zu befördern, die nicht für jeden gedacht sind. Haben wir uns verstanden?"

Upmann nickte und schwieg. Beau nahm das Papier,

griff nach einem Feuerzeug, das auf dem Tisch lag, und entzündete es. Es brannte hell auf und er legte es in einen Aschenbecher. Danach reichte er Upmann das Dossier, das er auf dessen Schreibtisch gefunden hatte. Der nahm es und steckte es ebenfalls in Brand.

Die Tür öffnete sich und Maja trat mit einem Tablett voller Getränke ein. Sie blieb vor dem Tisch stehen und sah auf das brennende Papier im Aschenbecher.

„Habe ich etwas verpasst?", fragte sie verwundert.

„Nein noch nicht", sagte Beau, stand auf und verteilte die Gläser.

Er hob seines an und rief: „Auf gute Zusammenarbeit in der SOKO WitweRmacher. Keine Alleingänge."

Die anderen grinsten sich an und prosteten sich zu. Upmann streckte Beau die Hand hin und sagte: „Willkommen im Team!"

Kapitel 16

Die vier redeten noch eine Weile und die Stimmung war gelöst.

„Ich ordere noch eine Runde und dann geht's nach Hause", sagte Bernd und drückte auf die Klingel für die Bedienung.

Kurze Zeit später war diese im Raum und notierte die Bestellung. Um elf Uhr verließen sie das Lokal und verabschiedeten sich voneinander.

„Bis morgen früh", rief Bernd den Kollegen nach und machte sich auf den Heimweg.

Die anderen teilten sich ein Taxi.

Upmann öffnete seine Wohnungstür und zog die Schuhe aus und kickte sie in die Ecke. ‚Die Küche müsste aufgeräumt werden', dachte er und gähnte. Das würde er vor der Arbeit erledigen, beschloss er. Schnell putzte er sich die Zähne und ging zu Bett. Fünf Minuten später war er eingeschlafen und wurde erst durch das schrille Piepen des Weckers am nächsten Morgen wieder wach. Voller Elan sprang er aus seinem Bett und lief ins Badezimmer. Nach einer heißen Dusche und einer gründlichen Rasur sah er auf seine Armbanduhr und fluchte. Er musste sich beeilen, sonst kam er zu spät. Das Aufräumen der Küche würde er heute Abend erledigen.

Fünf Minuten nach acht traf er auf der Dienststelle ein. Klaus-Dieter hatte er vor dem Eingang getroffen und gemeinsam betraten sie das Büro. Dort sprangen Maja und Beau auseinander. Die beiden hatten sich scheinbar geküsst.

„Dafür hattet ihr gestern Nacht genug Zeit", lachte Bernd, „jetzt wird gearbeitet."

Klaus-Dieter grinste anzüglich.

„Da ist einer neidisch", neckte Maja ihn und fragte: „Kaffee für alle?"

Die anderen nickten und sie schenkte jedem einen Becher ein.

Klaus-Dieter hatte sich an den Schreibtisch von Upmann gesetzt und eine Mappe mit Papieren aus einer Aktentasche gezogen.

„Ich habe interessante Neuigkeiten für euch", erzählte er.

„Schieß los", rief Maja und sah ihn gespannt an.

Beau setzte sich ebenfalls an seinen Platz und Upmann hockte sich auf seine Tischplatte und ließ die Beine baumeln.

„Der Ehemann des Opfers aus Lingen ist Immobilienmakler. Die Firma kauft und verkauft alles, was sich verwerten lässt. Dieses Unternehmen hat drei Schwerpunkte: Immobilien, Versicherungen und Dienstleistungen, wie zum Beispiel Reparaturen usw. Der Mann hat einige Millionen auf der hohen Kante und vergnügt sich gerne mit jüngeren Damen. Am liebsten in exotischen Gefilden."

Er beendete seinen Vortrag und sah die anderen erwartungsvoll an.

Beau stand auf und lief zum Board. Dort fing er an zu notieren und sprach leise dazu:

„Ehemänner beide in der Immobilienbranche. Firmennetzwerke. Reich. Stehen auf junge Frauen. Reisen in exotische Länder."

„Wo waren die Männer, als ihre Frauen getötet wurden?", fragte Upmann und kratzte sich am Kinn.

„Das habe ich natürlich auch herausgefunden", lächelte Klaus-Dieter und sah in seiner Akte nach.

„Ehemann Opfer Mannheim war zum Tatzeitpunkt mit seiner Sekretärin auf den Malediven. Ehemann Opfer Lingen in Thailand. Mit einer sehr hübschen Dame, wenn ich das mal so erwähnen darf", sagte er und reckte den Daumen nach oben.

Maja stieß einen grunzenden Laut aus und murmelte: „Männer. Das sollten wir Frauen uns einmal erlauben."

Upmann lächelte und rief: „Wenn du schwerreich bist, darfst du mich gerne als Ehemannersatz mitnehmen."

Beau runzelte die Stirn und antwortete:

„Einspruch", die anderen lachten darüber.

„Jetzt mal wieder mit Ernst bei der Sache bleiben", forderte Maja, „was sagen uns die Daten? Können wir etwas daraus schließen?", fragte sie und sah in die Runde.

„Warum waren die Männer nicht mit ihren Frauen unterwegs? Und warum wurden diese ausgerechnet dann umgebracht?", fragte Beau, „das ist doch mehr als ein Zufall würde ich sagen."

Upmann nickte und antwortete:

„So sehe ich das auch und an Zufälle glaube ich nur selten. Wo ist die Verbindung?"

Klaus-Dieter räusperte sich und sagte:

„Mehr habe ich nicht, doch ich bin weiter am Ball. Sobald ich Neuigkeiten habe, melde ich mich sofort."

„Das war sehr gute Arbeit, Klaus-Dieter", lobte Upmann seinen Freund, „was hast du weiter vor?"

„Wir haben ein relativ genaues Zeitfenster für den Eintritt des Todes", sagte er. Bernd nickte.

„Ich habe meine Suchmaschinen programmiert. Sie checken Verbindungen des Hotels, die in dieser Zeit ein- und ausgegangen sind. Parallel dazu vergleiche ich diese Daten mit den Handydaten unserer beiden Ehemänner. Das wird eine Weile dauern", sagte Klaus-Dieter.

„Wahnsinn", entfuhr es Maja, „das hört sich richtig aufwändig an."

„Ist es auch, meine Liebe, das kann ich dir versichern. Das Ganze muss über zig verschiedene Server in der ganzen Welt laufen, damit man mir nicht auf die Schliche kommt", plauderte Klaus-Dieter und seine Augen glänzten dabei.

„Hast du kein Interesse, für den Geheimdienst zu arbeiten?", fragte Beau und lachte, „Leute mit deinen Fähigkeiten werden dort gebraucht. Ich hätte da vielleicht Kontakte für dich."

Klaus-Dieter lächelte und sagte: „Danke für das Angebot, ich werde mal drüber nachdenken."

‚Konnte der Typ hellsehen?', dachte er sich. Das war der größte Wunsch von ihm! IT-Spezialist bei der Polizei. Okay, Geheimdienst hörte sich nicht übel an, doch am liebsten würde er hier in Lingen bleiben und in seinem eigenen Büro offiziell den Kollegen bei der Ermittlungsarbeit unter die Arme greifen. Vielleicht würde aus dem Traum bald Wirklichkeit werden, wenn er die entscheidenden Hinweise in diesem Fall lieferte. Das wäre ein Argument, welches seine fehlende Schul- und Berufsausbildung in den Hintergrund stellen würde.

Upmann sah seinen Freund an und hüpfte von der Tischplatte. Dabei brachte er alles so heftig zum Wackeln, dass der Kaffeebecher von Beau umkippte. Zum Glück war dieser leer! Er lief zu Klaus-Dieter, der aufgestanden war und seine Sachen einpackte.

„Erstklassige Arbeit, Kumpel", sagte er und klopfte ihm auf die Schulter.

„Das andere Thema werde ich später bei Achim Krause vorbringen. Einverstanden?", flüsterte er mit leiser Stimme.

Sein Freund nickte und lief zur Tür.

„Ich melde mich", rief er und verließ das Büro.

Kapitel 17

Wie gehen wir jetzt weiter vor?", fragte Beau. Upmann überlegte und sagte dann: „Maja, du checkst die beiden Ehemänner. Prüf nach, ob die gemeinsam Projekte abgewickelt haben. Woher kommen die Frauen, mit denen sie unterwegs waren? Sind das Firmenangehörige oder stammen die von einem Escort-Service. Das gesamte Umfeld. Wir müssen etwas finden."

„Geht klar, Chef", erwiderte Maja und schaltete ihren PC ein.

„Beau, du prüfst bitte unseren Schläger aus der Kneipe. Wieso hat der so einen Hass auf den Immobilienfritzen aus Lingen? Hat die Firma, für die er arbeitet, etwas mit dem Unternehmen zu tun? Sein Umfeld. Frauen, Alkohol, Spielleidenschaft, seine finanziellen Mittel. Er ist Sportschütze, was für Waffen sind in seinem Besitz? Und so weiter."

Beau nickte und setzte sich ebenfalls an seinen Schreibtisch.

„Ich muss noch zu Achim", sagte Upmann, „abklären, wie wir weiter mit dem Verdächtigen umgehen."

Er verließ das Büro und ging über den Flur. Unterwegs begegnete er dem Kollegen, der ihm den Zahlungsbescheid in die Hand gedrückt hatte.

„Bernd, hast du das geklärt mit dem Blitzer?", fragte er ihn.

„Oh Mist, das habe ich vergessen. Aber ich bin auf dem Weg zu Achim. Ich erledige das", entgegnete dieser.

Kurze Zeit später klopfte er an die Tür des Chefs und trat ein.

„Hallo Bernd", sagte Achim Krause und zeigte auf den Sitzplatz vor seinem Schreibtisch, „was führt dich zu mir?"

„Zwei Sachen", erwiderte Upmann, „wie sieht es mit einem Durchsuchungsbeschluss für die Wohnung unseres Verdächtigen aus? Siehst Du da eine Chance?"

„Was haben wir denn gegen ihn in der Hand?", fragte Achim.

„Seine Wut auf den Makler, sein Waffenbesitz. Sein Anwalt wird bestimmt bald auf der Matte stehen und ihn raushauen, wenn wir nicht mehr haben."

Krause überlegte und antwortete:

„Und die zweite Sache?"

„Ähm", druckste Upmann herum, „wir sind geblitzt worden. Auf der Fahrt zur Gerichtsmedizin. Kannst du das übernehmen?"

„Wir?", fragte Achim nach und grinste, „ich habe schon von der Geschichte gehört. Wolltest mal die Pferde raus lassen was?"

Die beiden sahen sich an und lachten.

„Ich regle das", sagte sein Freund, „doch jetzt zum ersten Punkt. Für eine Hausdurchsuchung reicht das nicht. Aber wir können die Schusswaffen überprüfen lassen. Sollte das Kaliber mit unseren Projektilen übereinstimmen, dann nageln wir ihn fest und ich bekomme alle Papiere vom Staatsanwalt unterschrieben."

Upmann stand auf und antwortete:

„Danke Achim. Ich mache mich sofort auf den Weg und besorge mir die Waffen, dann sehen wir weiter." Damit drehte er sich um und verließ das Dienstzimmer.

Auf dem Weg zur Arrestzelle hielt er am Büro an und steckte den Kopf zur Tür herein.

„Ich fahre in den Schützenverein und hole die Waffen unseres Verdächtigen."

Beau sah auf und reckte den Daumen nach oben. Upmann schloss die Tür und schlenderte in die Einsatzzentrale.

„In welcher Zelle sitzt unser Gast von gestern Abend?", fragte er seinen Kollegen.

„In der drei", antwortete dieser und stand auf, „ich komm mit dir."

Upmann nickte und folgte seinem Kollegen. Die beiden gingen in den Keller und standen kurze Zeit später vor der Zelle. Der Beamte öffnete. Stefan Michalske lag auf der schmalen Pritsche, einen Arm unter den Kopf verschränkt und starrte zur Decke.

„Moin Michalske", rief Bernd und trat ein.

Der setzte sich aufrecht hin und fragte:

„Kann ich raus?"

„Nein, leider nicht. Ich werde jetzt in deinen Schützenverein fahren und mir die Waffen holen. Diese wird unsere Ballistik untersuchen, dann sehen wir weiter", erzählte Upmann ihm.

„Wie heißt der Waffenwart? Wann kann ich den am besten erreichen?"

„Das ist der Wolfgang Meier", erwiderte Michalske und sah auf seine Uhr, „der müsste jetzt schon im Vereinshaus sein. Ich war es nicht."

Dabei sah er Upmann wütend an.

„Danke, das werden wir überprüfen", verabschiedete sich dieser und verließ die Zelle.

Er trat vor das Dienstgebäude und atmete tief ein. Frische Luft war doch etwas Herrliches. ‚Ich sollte wieder mehr Sport treiben, joggen an der Ems oder so', dachte er sich und streichelte dabei über seinen Bauch. Er ging zum Wagen und stieg ein. Der Schützenverein lag etwas außerhalb von Lingen. Die Fahrtzeit würde eine knappe halbe Stunde betragen, der Feierabendverkehr setzte allmählich ein. Wenig später lenkte er den Dienstwagen auf einen großen Parkplatz, wo schon einige Fahrzeuge standen. Er stieg aus, orientierte sich kurz und lief zum Eingang. Auf dem Weg dorthin begegnete er Personen, die längliche Taschen trugen. ‚Die bringen sich ihre Waffen mit, es würde also nicht auffallen, wenn jemand seine Waffe nach dem Training mitnimmt', dachte er sich. Er betrat das Gebäude und steuerte einen Raum an, über dessen Tür ein Schild mit der Aufschrift ,Waffenwart' hing. Er klopfte und trat ein. Ein älterer Herr sah ihn an und sprach in sein Handy: „Ich ruf dich gleich zurück."

Er legte das Telefon auf einen Tisch und sagte: „Habe ich etwa ,Herein' gesagt?"

„Haben sie nicht?", erwiderte Upmann und zückte seinen Dienstausweis.

„Was kann ich für Sie tun?", fragte der Mann und sah auf den Ausweis.

„Wo sind die Waffen von Stefan Michalske?", fragte Upmann ihn mit forscher Stimme.

„Warum?", bekam er zur Antwort.

„Polizeiliche Ermittlungen", erklärte Upmann knapp und zückte ein Formular, welches Achim Krause hatte vorbereiten lassen, „Die Waffen nehme ich mit zur Untersuchung. Sie können gerne eine Quittung erhalten."

„Hat der Kerl etwas angestellt?"

„Warum fragen Sie das?", erwiderte Upmann und sah den Mann streng an.

„Der hatte in letzter Zeit ein paar Probleme", druckste der Mann herum, „seine Freundin hat ihn sitzen lassen. Für einen reichen Macker."

„Bestimmt ein Immobilienmakler oder Chirurg, was?", scherzte der Kommissar.

„Woher wissen Sie das?", antwortete der Mann erstaunt.

„Wie jetzt? Immobilien oder Arzt?", fragte Upmann.

„Der hat seine Kohle mit Wohnungen gemacht. Kam immer mit einem Lambo zum Training. Da konnte Stefan als einfacher Malocher nicht mithalten", war die Antwort.

„Interessant", murmelte Upmann, „ähm, die Waffen?"

„Ja, natürlich", rief der Mann und trat zu einem Wandbrett, an dem unzählige Schlüssel hingen. Zielstrebig griff er nach einem, schob sich am Kommissar vorbei und verließ den Raum.

Er öffnete den Spind und sah hinein:

„Drei Waffen, alles da. Ein Colt 45, geiles Teil sag ich Ihnen. Eine Beretta und ein Repetiergewehr", rief er herüber. Upmann war ihm gefolgt.

„Die sehen nicht billig aus", sagte Bernd.

Der Waffenwart zuckte mit den Schultern und antwortete: „Das ist noch harmlos. Einige Mitglieder haben so teure Schusswaffen, da können sie sich ein Auto für kaufen."

„Und das wissen Sie alles?", fragte Upmann ihn.

„Aber sicher, ich bin seit fünfundzwanzig Jahren der Waffenwart, ich kenne sie alle", erzählte der Mann und sah ihn mit stolzem Blick an.

„In Ordnung", sagte Upmann und sammelte die Waffen ein. Bereiten Sie bitte eine Quittung vor, die werde ich unterschreiben."

Kurze Zeit später saß er wieder im Fahrzeug und war auf dem Rückweg. Wenige Minuten bevor die Kollegen der Ballistik Feierabend hatten, betrat er deren Diensträume.

„Nicht dein Ernst, Bernd, oder?", murrte ihn der Beamte an und sah auf seine Armbanduhr.

„Entschuldige bitte, das hier ist wichtig", antwortete Upmann und zuckte mit den Schultern.

Sorgfältig legte er die drei Waffen auf den Tresen.

„Ich maile dir gleich die Protokolle der Gerichtsmedizin. Dort ist das Kaliber der Tatwaffe angegeben. Das ist echt wichtig. Hast auch einen Gefallen gut", rief Bernd im Hinausgehen.

„Der wievielte ist das denn dann schon?", brüllte seine Kollege ihm hinterher, doch das hörte Upmann nicht.

Kapitel 18

Achtundzwanzig Stunden blieben ihm, bis er seinen Auftrag erledigen würde. Merten saß in seiner Suite am Tisch und reinigte seine Schusswaffe. Mit Liebe und Hingabe putzte er sein Werkzeug, wie er es nannte. Vorsichtig gab er Waffen Öl an die mechanischen Teile und wischte mit einem Tuch einen kleinen Flecken weg. Er setzte die Waffe zusammen und führte eine Funktionsprüfung durch. Perfekt! Der Schalldämpfer wurde aufgeschraubt und das Magazin bestückt. Danach legte er die Pistole in seinen Koffer zurück und schob diesen unters Bett.

,Zeit für ein wenig Sport', dachte er und zog sich seine Laufsachen an. Auf dem Weg nach unten begegnete er keiner Menschenseele. Das Hotel war im Moment nicht ausgebucht. Er grüßte den Rezeptionisten und verließ das Gebäude. Mit leichten Schritten lief er in Richtung Bootssteg. Da hielt er an und absolvierte seine Dehnübungen. Aus den Augenwinkeln musterte er das kleine Ruderboot, welches dort vor Anker lag. Es war nicht bewegt worden, das erkannte er sofort.

Der Strick, an dem es angebunden war, lag an der gleichen Stelle.

Er startete mit seiner Laufrunde. Ziel war der Parkplatz auf der anderen Uferseite. Dort würde er nachsehen, ob es in der Zwischenzeit Veränderungen gegeben hatte. Geplant war, den Mietwagen morgen Vormittag abzuholen und an der Stelle zu parken. Heute Nacht würde er die Glasscheibe für den Einstieg vorbereiten. Bis dahin blieben ihm vier Stunden Zeit. Sein Auftraggeber hatte sich nicht mehr gemeldet, er hatte seinen Kontakt noch einmal gecheckt, somit würde sein Zielobjekt im Laufe des nächsten Tages eintreffen.

Nachdem er seine Laufrunde erledigt hatte, gönnte er sich eine lange, heiße Dusche. Er trocknete sich ab und griff zum Handy. Dort stellte er den Alarm ein. Um Mitternacht würde er der Suite seines Opfers einen Außenbesuch abstatten. Nackt wie er war, legte er sich auf sein Bett und schloss die Augen. Wenige Minuten später war er eingeschlafen.

Pünktlich um zwölf Uhr in der Nacht vibrierte sein Telefon und er tastete im Dunkeln danach, um den Alarm auszuschalten. Schnell stand er auf und kleidete sich an. Ein bequemer schwarzer Jogginganzug lag bereit, ebenso dunkelfarbene Stoffschuhe. Mit diesen konnte er sich fast geräuschlos bewegen. Er schaltete seine kleine Stabtaschenlampe ein und überprüfte im Lichtschein sein Werkzeug. Dieses war in einer kleinen, handlichen Schatulle verpackt. Die einzelnen

Stücke waren jeweils in Stoff eingebettet. So entstanden keine Geräusche, wenn er sich bewegte. Seine beiden Werkzeuge befestigte er an einem schmalen Gürtel, den er sich umgeschnallt hatte.

Er öffnete die Zimmertür und lugte hinaus. Keine Personen waren auf dem Gang unterwegs. Schnell lief er an das Ende des Flures und drückte die Brandschutztür auf. Diese war nicht alarmgesichert, das hatte er schon überprüft. Er kniete sich auf den Boden und ließ die Tür langsam zugleiten. Damit sie nicht schloss, klemmte er einen Stofffetzen zwischen Türblatt und Zarge. Er spähte über die Brüstung auf das Gelände unter ihm und wartete einen Moment, um zu lauschen. Keine Stimmen oder sonstige Geräusche waren zu hören. Dort stand niemand, um zu rauchen. Das Ziehen an der Zigarette hätte er gesehen und den Qualm gerochen.

Vorsichtig schlich er über die Treppe und näherte sich der Suite 244. Wieder kniete er sich auf den Boden und lauschte erneut. Mit einem geübten Griff löste er sein Werkzeug vom Gürtel und öffnete es. Seine Taschenlampe benötigte er dafür nicht. Diese hatte er nur mitgenommen, um im Notfall etwas zu sehen oder jemanden blenden zu können, um ihn dann auszuschalten.

Er setze den Glasschneider an und drehte diesen in die Runde. Mit dem Saugnapf entfernte er das kreisrunde Glasstück direkt unter dem Griff der Fenstertür. Das hatte ja schon einmal perfekt geklappt. Jetzt galt es, das Stück so zu präparieren, dass es keinem auf den ersten Blick auffiel, dass das Glas beschädigt war. Hierfür zog er eine dünne Folie aus seinem Kästchen. Diese klebte er auf die Scheibe und setzte sie wieder in das Loch. Die Folie war durchsichtig und ragte nur Millimeter über den Rand hinaus. Die konnte er schnell entfernen und mit dem ausgeschnittenen Stück herausnehmen. Zufrieden mit seiner Arbeit packte er sein Werkzeug zusammen und erhob sich.

Erneut lauschte er auf Geräusche und machte sich dann auf den Rückweg zu seinem Zimmer. Er entfernte den Stoff und zog die Tür zu. Zum Glück war keine Menschenseele im Flur unterwegs und er konnte seine Suite unbemerkt betreten. Dort entkleidete er sich bis auf die Unterwäsche und hing die Sachen über einen Stuhl. Er zog den Koffer unter dem Bett hervor und packte das Werkzeug hinein.

Die Vorbereitungen waren getroffen, alles hatte zu seiner vollsten Zufriedenheit funktioniert. Er sah auf seine Armbanduhr. Ein Uhr nachts. Jetzt würde er schlafen gehen und morgen früh nach dem Frühstück seinen Mietwagen holen. Entspannt legte er sich aufs Bett. Er freute sich auf sein Leben in Freiheit und Luxus. Von dem Geld würde er sich ein kleines Hotel in der Karibik kaufen und dort Bootstouren für Touristen anbieten. Mit Strandbar und besonderem Service für vereinsamte, hübsche Frauen. Der Gedanke daran ließ ihn mit einem Lächeln im Gesicht einschlafen.

Kapitel 19

Upmann betrat das Büro und sah auf die Uhr. Halb fünf. Er seufzte, sein Bauchgefühl sagte ihm, das würde ein langer Tag werden. Maja saß an ihrem Tisch und war konzentriert am Arbeiten. Beau stand mit dem Handy in der Hand vorm Fenster und telefonierte. Er drehte sich um und winkte Bernd zu sich.

„Thanks for the information", sagte er und legte auf.

„Neuigkeiten?", fragte Upmann und sah ihn an.

„Auf jeden Fall. Das war ein Anruf aus Brasilien. Ich hatte dort nochmals angefragt wegen der ballistischen Daten. Die Projektile stimmen mit denen unserer Opfer hier in Deutschland überein."

Maja sah von ihren Papieren auf und rief: „Das wussten wir doch schon, was bringt uns das jetzt?"

„Moment, ich bin noch nicht fertig", erzählte Beau und fuhr fort, „bei der Überprüfung von Michalske bin ich auf eine Urlaubsreise nach, na, wer kommt drauf?"

„Brasilien", entfuhr es Upmann und dabei klatschte er sich auf seinen Oberschenkel.

„Richtig", bestätigte Beau und grinste, „das war der eigentliche Grund meines Anrufes. Ich wollte mir die Daten holen, wann die Leiche dort gefunden wurde und welchen Todeszeitpunkt man festgestellt hatte. Das Opfer in Brasilien wurde genau in dem Zeitraum erschossen, in dem Michalske seinen Urlaub dort verbracht hat. Ist das jetzt Zufall?"

„Das werden wir herausfinden, bringt ihn in den Verhörraum. Dem fühlen wir jetzt so richtig auf den Zahn", entfuhr es Bernd.

Er lief zu seinem Schreibtisch und wählte die Durchwahl von Achim Krause.

„Hallo, Bernd hier", sagte er in den Hörer, „wir haben neue Erkenntnisse über unseren mutmaßlichen Verdächtigen. Kannst du das mit dem Staatsanwalt regeln, bevor der Anwalt hier aufläuft?"

Er lauschte in den Hörer und nickte.

„Danke dir, wir werden ihn sofort in den Verhörraum bringen", sagte er und legte auf.

„Darf ich das übernehmen, Chef?", fragte Beau und sah Upmann an.

Der grübelte einen Moment und nickte: „Okay, nimm Maja mit. Der Typ steht auf Frauen. Fühlt ihm so richtig auf den Puls. Ich schaue mir das aus dem Nachbarzimmer an."

Die beiden nickten und verließen das Büro. Bernd griff wieder zum Telefon und wählte die Nummer von seinem Freund Klaus-Dieter.

„Hallo grüß dich, hast du schon etwas Neues?",

fragte er, „okay, dauert ein wenig. Ja ‚verstehe, melde dich bitte sofort. Danke", sagte er und legte auf.

Er stand auf und verließ sein Büro. Auf dem Weg zum Verhörzimmer hielt er bei der Ballistik an und steckte den Kopf durch die Tür.

„Moin Jungs, habt ihr schon etwas?" fragte er.

Der zuständige Kollege sah ihn an und schüttelte den Kopf.

„Das wird wohl eine Nachtschicht werden, besorg mal etwas zu Essen", bekam er zur Antwort.

„Kommt sofort, danke dir", antwortete Upmann und schloss die Tür.

In der Zentrale hielt er an und suchte in den offenen Fächern nach der Pizzakarte.

„Die liegt doch immer hier", murmelte er und blätterte sich durch die Papierberge, die dort lagen.

„Was suchst du, Bernd?", wurde er von einem Beamten gefragt.

„Die Bestellkarte der Pizzeria", antwortete er.

„Die liegt bei Dietrich, der wollte gleich etwas bestellen", bekam er zur Antwort.

„Danke", rief Upmann und ging zum Büro des Kollegen. Der hatte die Karte vor sich auf dem Tisch liegen und den Telefonhörer in der Hand. Bernd gab ihm ein Zeichen.

„Moment bitte, ich glaube hier kommt noch eine Bestellung dazu", sagte Dietrich in den Hörer.

„Eine große Pizza Salami und eine mit Thunfisch

für die Jungs in der Ballistik", flüsterte Upmann und sein Kollege nickte.

„Wer bezahlt die?", fragte er Bernd, nachdem er aufgelegt hatte.

„Rechnung an Achim", erwiderte dieser und verließ das Büro. Vor dem großen Kaffeeautomaten im Flur blieb er stehen und füllte sich einen Becher. Dann machte er sich auf den Weg zum Verhörraum.

Zur selben Zeit wurde Stefan Michalske in den Vernehmungsraum gebracht. Lautstark protestierte er dagegen: „Was soll das denn, warum werde ich schon wieder verhört? Ich war das nicht, wann rafft ihr das endlich. Wo bleibt mein Anwalt?"

„Alles zu seiner Zeit", antwortete Beau ihm und deutete auf den leeren Platz vor ihm, „setzen Sie sich bitte."

Maja hatte einen Schreibblock und Stifte vor sich liegen. Sie nickte dem Mann freundlich zu. Michalske sah sie an und schob herausfordernd die Lippen nach vorne: „Ich rede nur mit der hübschen Lady da", sagte er. Beau zuckte mit den Schultern und antwortete:

„Kein Problem, Frau Brand kann das genauso gut wie ich erledigen."

Maja drückte auf den Startknopf des Aufzeichnungsgerätes, welches auf dem Tisch stand. Sie sah auf die Uhr im Zimmer und sagte:

„Dienstag, den 14. März. Siebzehn Uhr zwanzig. Vernehmung im Mordfall Kawinski. Mutmaßlich verdächtigt: Herr Stefan Michalske."

„Ich war es nicht", rief der laut dazwischen.

Maja sprach ungerührt weiter:

„Die Vernehmung wird durchgeführt durch Inspektor Charles Henry Beaufort und Kommissarin Maja Brand."

Wieder störte Michalske die Aufnahme und rief lachend:

„Charles Henry, das ist ja der Knaller."

Beau unterbrach die Aufzeichnung und sah sein Gegenüber mit kaltem Blick an:

„Hör mal zu mein Freund, das Ganze hier ist kein Spiel. Es geht hier um Mord und du bist angeklagt, nicht wir. Jetzt reiß dich zusammen und beantworte unsere Fragen, wir haben keine Zeit und Lust Spielchen zu treiben."

Das wirkte. Michalske sah ihn an und sackte in seinem Sitz zusammen.

„Ich habe nichts gemacht", flüsterte er mit leiser Stimme. Wieso glaubt mir keiner?"

In diesem Moment steuerte ein Wagen auf den Besucherparkplatz des Reviers und ein junger Mann stieg aus. Mit einem Aktenkoffer in der Hand lief er zum Haupteingang und öffnete die Tür. Beim diensthabenden Beamten stellte er sich vor:

„Strauke mein Name, ich bin Anwalt und möchte gerne zu meinem Mandanten. Herrn Stefan Michalske. Wo finde ich ihn?"

Kapitel 20

Der Beamte telefonierte und beobachtete dabei den Anwalt, der ungeduldig vor seiner Glasscheibe stand und mit den Fingern auf der Ablage trommelte. Er legte auf und sagte:

„Ihr Mandant befindet sich zurzeit im Verhörraum. Erdgeschoss links, Zimmer 131."

Der Anwalt stutzte und rief:

„Wie verhört, ohne mich? Das glaube ich ja wohl nicht."

Er griff nach seinem Koffer und betätigte die Tür, nachdem der Summer ertönte. Mit schnellen Schritten eilte er über den Gang und suchte Zimmer 131. Als er dieses erreicht hatte, hämmerte er mit einer Hand an die Tür, öffnete diese und trat ein.

Upmann schlürfte an seinem heißen Kaffee und zuckte zusammen, da es laut klopfte und im selben Moment die Tür aufgerissen wurde.

„Wer sind Sie denn?", fragte er mürrisch und wischte sich Kaffeeflecken vom Pullover.

„Strauke mein Name, ich komme von der Kanzlei Strauke und Sohn. Wie mir mitgeteilt wurde, wird mein Mandant Herr Michalske verhört? Das dürfen Sie nicht ohne mein Beisein, dass wissen Sie schon, oder?", bekam er von dem erregten jungen Mann entgegengeschmettert.

Upmann entgegnete ungerührt: „Wir verhören Ihren Mandanten nicht, sondern führen eine Vernehmung durch, das ist ein kleiner Unterschied."

„Was Sie nicht sagen", bekam er zu hören, „Sie sind ja ein ganz schlauer, wie mir scheint."

‚Was ist das denn für ein Schaumschläger?', dachte sich Upmann und versuchte ruhig zu bleiben.

„Außerdem haben wir Herrn Michalske erlaubt, seinen Anwalt zur Vernehmung hinzuzurufen. Bis jetzt wurden nur die Personalien aufgenommen. Gehen Sie doch bitte in den Raum und hören Sie selbst", erzählte er dem Anwalt.

Der würdigte ihn keines Blickes mehr und betrat den Verhörraum.

„Strauke mein Name, ich bin der Anwalt von Herrn Michalske", stellte er sich kurz vor. Er zog sich einen Stuhl heran und setzte sich neben seinen Mandanten an den Tisch.

„Haben Sie schon irgendetwas ausgesagt?", fragte er diesen.

„Nö, die wollen mir aber unbedingt einen Mord anhängen. Ich habe nichts gemacht", entgegnete dieser. Der Anwalt hatte einen kleinen Laptop vor sich aufgebaut und fing an zu tippen.

„Was werfen Sie meinem Mandanten vor?", fragte er und sah Beau und Maja herausfordernd an.

„Herr Michalske ist Sportschütze", begann Beau und wurde sofort unterbrochen.

„Das sind in ganz Deutschland wahrscheinlich zwei Millionen weitere Menschen auch", warf der Anwalt ein.

„Er ist im Besitz von mehreren Waffen", redete Beau weiter.

„Selbstverständlich ist er das", rief Strauke, „mit Pfeil und Bogen schießen die dort meistens nicht."

„Herr Strauke", warf Maja ein, „wie wäre es, wenn Sie meinen Kollegen ausreden lassen würden?"

Er sah sie kurz an und nickte dann gnädig.

Beau fuhr fort: „Herr Michalske ist gewaltbereit und hat einen Kommissar vor wenigen Tagen angegriffen. Hierfür gibt es ausreichend Zeugen. Auf eine Anzeige wegen Körperverletzung wurde verzichtet, dafür sollte hier in der Dienststelle ein klärendes Gespräch stattfinden. Bei diesem posaunte Herr Michalske mehrfach lautstark Drohungen gegen Immobilienmakler heraus. Diese müssten plattgemacht werden und lauter solche Sachen."

„Und das ist alles, was Sie meinem Mandanten vorwerfen?" rief der Anwalt entgeistert aus.

„Erschwerend hinzukommt, dass Herr Michalske vor einiger Zeit Urlaub in Brasilien gemacht hat", führte Maja an.

„Ich urlaube auch gerne im Ausland, bin ich jetzt

auch verdächtig?", unterbrach der Anwalt erneut das Gespräch und lachte.

Michalske kicherte leise. Der Mann gefiel ihm.

„Dort wurde eine Frau auf die gleiche Art getötet wie unser Opfer aus Lingen. Die Frau war genau wie das andere Opfer mit einem Immobilienmakler verheiratet", erzählte Beau.

„Haben Sie sonst noch irgendwelche Beweise?", fragte der Anwalt und klappte seinen Laptop zu.

„Die Waffen von Herrn Michalske sind zurzeit in der Ballistik und werden überprüft", sagte Maja.

„Wie lange wird das noch dauern?", fragte der Anwalt.

„Spätestens morgen haben wir die Ergebnisse", erwiderte sie.

Herr Strauke sah auf seine Armbanduhr und stand auf. „Sie informieren mich bitte umgehend über das Ergebnis der ballistischen Untersuchung. Sollte dieses negativ sein, verlange ich, dass mein Mandant sofort auf freien Fuß gesetzt wird. Haben wir uns verstanden?"

„Klar und deutlich, Herr Strauke", sagte Beau und erhob sich ebenfalls.

Der Anwalt nickte zufrieden und klopfte Michalske auf die Schulter:

„Morgen ist das hier beendet und Sie sind ein freier Mann. Wenn es noch irgendwelche Probleme geben sollte, rufen Sie mich umgehend an."

„Danke. Vielen Dank.", antwortete Stefan Michalske.

„Keine Ursache, dafür sind wir ja da", entgegnete der Anwalt und verließ den Raum.

Upmann hatte sich das Schauspiel aus dem Vorraum heraus angesehen. Nachdenklich beobachtete er den mutmaßlichen Täter. Sein Bauchgefühl sagte ihm, der war es nicht. Für die polizeilichen Ermittlungen durfte das keine Rolle spielen. Er griff zum Hörer und rief in der Wache an.

„Ihr könnt unseren Tatverdächtigen wieder abholen und auf seine Zelle bringen. Danke."

Maja hatte den Raum ihrerseits verlassen und sagte zu Bernd: „Hast du diesen Anwalt erlebt? Der war ja wohl voll daneben."

„Ja, der war echt krass. Doch leider hat er Recht, wenn die Ballistik nichts findet, müssen wir den gehen lassen. Ich frage da gleich mal nach. Unser Kollege hier wird abgeholt", antwortete Upmann und verließ den Raum.

Die Uhr auf dem Flur zeigte schon zwanzig Uhr an. ‚So ein Mist, wieder Überstunden und wir sind keinen Schritt weiter‘, dachte er sich.

Er klopfte bei der Ballistik an und trat ein. Sein Kollege sah ihn an und winkte ihn zu sich.

„Bau mich auf und erzähl mir etwas Gutes", forderte Bernd ihn auf.

„Ich muss dich enttäuschen. Zwei Waffen scheiden schon einmal aus. Das hat mein Team herausgefunden. Die beiden habe ich jetzt in den Feierabend geschickt.

Die letzte Waffe prüfe ich selbst. In einer Stunde weiß ich mehr", erzählte dieser ihm.

„Mist", fluchte Upmann und dankte ihm, „ich bin jederzeit auf dem Handy erreichbar."

Auf dem Flur traf er Beau und Maja. Die beiden sahen ihn fragend an.

„Zwei Waffen sind schon raus, er meint so in einer Stunde hat er das letzte Ergebnis", erzählte Bernd ihnen.

„Jemand Lust auf ein Bier?", fragte er und sah die Zwei an.

„So einen kleinen Absacker können wir gebrauchen", sagte Maja und Beau nickte zustimmend.

Kapitel 21

Die drei fuhren zu ihrem Stammlokal. Es wurde kein Wort gesprochen während der Fahrt. Das Ergebnis der Ballistik war nicht gut ausgefallen. So wie es aussah, würden sie ihren Verdächtigen morgen früh entlassen. Sie parkten direkt vorm Lokal und stiegen aus. Bernd öffnete die Tür und hielt sie für die anderen beiden auf. Er grüßte den Wirt und bestellte eine Runde Bier bei ihm.

„Bringst du uns das ins Zimmer, wir brauchen ein wenig Ruhe", sagte er.

„Mach ich Bernd, kommt gleich", bekam er zur Antwort.

„Oh, hier ist es schön warm", freute sich Maja, als sie den Raum betraten.

In der Ecke stand ein kleiner Holzofen, in dem das Feuer ordentlich prasselte. Die drei hatten sich kaum hingesetzt, da wurden ihre Getränke auch schon gebracht.

„Einfach durchklingeln, wenn ihr noch etwas möchtet", sagte die freundliche Kellnerin und stellte die Gläser auf den Tisch.

„Das werden wir, danke", antwortete Bernd und griff zu seinem Bier.

„Auf dass die nächsten Nachrichten besser werden! Prost, Leute", rief er und nahm einen großen Schluck.

Maja und Beau nickten und tranken ebenfalls.

Bernds Handy klingelte und er zog es aus seiner Jackentasche. Er nahm den Anruf entgegen und sagte: „Was hast du herausgefunden?"

Er stellte auf freisprechen und legte das Telefon vor sich auf den Tisch. So konnten die anderen beiden mithören.

„Es tut mir leid, euch mitteilen zu müssen, dass die dritte Waffe nicht unserer Tatwaffe zugeordnet werden kann. Das Kaliber würde passen, doch Schlagbolzeneindruck und Auswerfereindruck stimmen nicht überein. Ich könnte jetzt noch weiter ins Detail gehen, aber kurzum, das sind nicht unsere Tatwaffen, davon bin ich überzeugt", sagte sein Kollege.

„So ein Mist", fluchte Upmann, bedankte sich und beendete das Gespräch.

Die Stimmung der drei sank auf den Nullpunkt. Beau räusperte sich und sagte mit leiser Stimme:

„Wir fangen wieder von vorne an. Den Michalske werden wir morgen früh sofort entlassen."

Upmann und Maja nickten und tranken schweigend ihr Bier.

„Ich bestell noch eine Runde", sagte Bernd und sah

die beiden an, „noch jemand? Hätte große Lust, mich zu betrinken."

„Das ist aber auch keine Lösung, Chef", antwortete Maja und schüttelte den Kopf, „für mich bitte nicht. Ich werde fahren."

„Ich nehme noch eines", rief Beau und nickte ihm zu.

Upmann bestellte und legte auf. Im gleichen Moment klingelte sein Handy erneut.

„Hat der Kollege doch noch etwas entdeckt?", rief er neugierig und griff schnell zum Telefon.

„Ach, du bist es Klaus-Dieter", sagte er mit enttäuschter Stimme, „nein, das geht doch nicht gegen dich", redete er weiter.

Plötzlich zuckte er zusammen und setzte sich kerzengerade hin.

„Du hast was?", brüllte er in den Hörer. Die beiden anderen erschraken.

„Auf jeden Fall. Komm ins Lokal, wir sind im Zimmer. Beeil dich."

Er beendete das Gespräch und hieb mit einer Hand auf den Tisch.

„Was ist los, Bernd?", fragte Beau und sah ihn an.

„Klaus-Dieter hat etwas gefunden. Er ist auf dem Weg hierher", bekam er zur Antwort.

Sie mussten eine halbe Stunde warten und atmeten erleichtert auf, als Klaus-Dieter endlich den Raum betrat. Sofort wurde er mit Fragen bestürmt.

„Leute, lasst mich doch wenigstens die Jacke

ausziehen", rief dieser lachend, „und ein Bier wäre nicht schlecht."

Beau übernahm die Bestellung. Klaus-Dieter genoss die Aufmerksamkeit und begann zu reden:

„Ich habe euch ja erzählt, dass ich mich in das Netz des Hotels in England eingehackt habe. Anhand der Zeitvorgaben, konnte ich den Zeitraum meiner Recherchen eingrenzen."

„Ja und, erzähl weiter", forderte Bernd ihn ungeduldig auf.

Sein Magen krampfte sich zusammen, da war etwas im Busch, das fühlte er!

„Würde ich gerne, wenn du mich lässt", flachste Klaus-Dieter und redete weiter.

„Ich habe den Zeitraum zwölf Uhr Mittag bis vier Uhr am nächsten Morgen überprüft. Alle ein- und ausgehenden Gespräche, Internetverbindungen und so. Und", hier legte er eine theatralische Pause ein.

„Alter, spann uns nicht auf die Folter", schimpfte Bernd.

„Treffer!", rief sein Freund und lachte über das ganze Gesicht.

Die drei sahen sich an, war das ein Durchbruch in den Ermittlungen?

„Was hast du herausgefunden?", fragte Beau und zückte einen kleinen Notizblock.

Diesen trug er immer bei sich.

„Zwei Dinge habe ich. Erstens, eine IP-Adresse passt

auf unseren Ehemann in Lingen. Es handelt sich um ein Handy, das auf seine Firma registriert wurde."

„Und das zweite?", fragte Maja.

„Die IP-Adresse, die mit diesem Handy Kontakt hatte, ist hier im Lingener Raum aufgetaucht", erzählte Klaus-Dieter und sah die anderen herausfordernd an.

Es wurde totenstill im Zimmer, man hätte eine Stecknadel hören können, wenn diese auf den Boden gefallen wäre.

„Hier in Lingen?", stotterte Bernd und sah die anderen entgeistert an.

„So genau konnte ich das noch nicht identifizieren, aber ja, im groben Umkreis schon", erwiderte Klaus-Dieter.

„Das kann ich mir gar nicht vorstellen", rief Beau und schüttelte ungläubig den Kopf, „das wäre irgendwie zu einfach."

„Warum nicht?", fragte Maja.

„Wenn wir es hier mit einem Profikiller zu tun haben", antwortete Beau, „glaubst du wirklich, der benutzt ein Handy ein weiteres Mal?"

„Da hast du Recht", stimmte Bernd ihm zu und kratzte sich nachdenklich am Kinn.

„Meine Daten lügen nicht", rief Klaus-Dieter.

„Das sagt ja auch keiner, mein Freund", erwiderte Upmann, „aber ich muss ihm Recht geben. Das wäre ein Fehler des Killers. Er hinterlässt Spuren."

„Zum Glück machen Täter Fehler, sonst würden wir keine fassen", wandte Maja ein.

„Wir werden der Sache nachgehen", rief Bernd und wandte sich seinem Freund zu, „kannst du diese IP-Adressen weiterverfolgen?"

„Klaro, ich bin am Ball", bekam er zur Antwort.

„Abgemacht. Ich werde jetzt noch eine Runde ordern und ein paar Buletten, die schmecken hier sehr gut. Möchte noch jemand?", sagte Bernd und sah in die Runde.

Alle außer Beau hoben die Hand. Upmann griff zum Hörer und gab die Bestellung auf.

„Und bitte mit Knoblauchsoße, die ist immer so lecker", sagte er und legte auf.

„Knoblauch?", fragte Beau und zog die Augenbrauchen hoch.

„Da sind mächtig viele Zwiebeln und Knoblauch verarbeitet. Ideal für Zungenküsse", frotzelte Bernd und lachte.

Maja zog einen Schmollmund und streckte ihm die Zunge raus.

Kapitel 22

Nach der letzten Runde verabschiedete sich das Ermittlerteam voneinander und verließ das Lokal. Bernd nahm das Angebot von Maja an und wurde von ihr zu Hause abgesetzt.

„Ich wünsche euch eine gute Nacht, schlaft gut", sagte er beim Aussteigen und blinzelte Maja zu.

„Blödmann", erwiderte sie und lächelte. Beau, der hinten im Auto saß, verdrehte die Augen. ‚Immer diese Anspielungen', dachte er sich. Upmann betrat seine Wohnung und hängte den Türschlüssel ans Brett. Seine Jacke warf er über den Stuhl, der im Flur stand. In der Küchentür blieb er stehen und sah auf den Berg schmutzigen Geschirrs, das sich in der Spüle stapelte.

Seufzend krempelte er die Ärmel hoch und ließ heißes Wasser in das Spülbecken laufen. Er war innerlich aufgewühlt und dachte die ganze Zeit über die Informationen nach, die Klaus-Dieter ihnen geliefert hatte. Ihr Mörder befand sich in Lingen oder in der näheren Umgebung! Das ließ ihm keine Ruhe. Völlig in Gedanken versunken, spülte er einen Teller und stellte ihn zum Abtropfen in eine Plastikschale, die seitlich des Spülbeckens stand. Er griff zum nächsten Teil und packte es neben das saubere Geschirr. So verbrachte er die nächste halbe Stunde und reihte gespülte und schmutzige Teller und Tassen auf der Ablage auf.

Danach schlurfte er ins Schlafzimmer und griff zum Handy. Er wählte Klaus-Dieters Nummer und ließ es lange klingeln. Dieser hatte schon geschlafen und meldete sich schlecht gelaunt.

„Was ist Bernd, kannst du nicht pennen oder warum weckst du mich?"

„Entschuldige bitte", sagte dieser, „kannst du mir einen Radius angeben, wo wir diese IP-Adresse finden könnten?"

„Ich schätze mal zehn Kilometer um Lingen herum", antwortete Klaus-Dieter und gähnte, „kann ich jetzt weiterpennen?"

„Klar, mach das, danke", erwiderte Upmann und legte auf.

Zehn Kilometer, das war überschaubar. Er zog seine Sachen aus und schlüpfte ins Bett. Grübelnd wälzte er sich hin und her und fand keinen Schlaf. Kurz nach Mitternacht siegte die Erschöpfung und er war eingeschlafen.

Mit einem Aufschrei erwachte er. Schweißgebadet setzte er sich aufrecht hin. Mit beiden Händen fuhr er sich durch die Haare und schüttelte den Kopf. Das war ein Alptraum vom Feinsten gewesen, der ihn da aus dem Schlaf gerissen hatte. Sein Puls raste und er versuchte sich zu erinnern, was er geträumt hatte. Irgendetwas mit einem Killer und einer Pistole. Jemand wurde angeschossen. Mehr brachte er nicht zusammen.

Er warf einen Blick auf seinen Wecker. Zehn Minuten nach fünf. „Mist", fluchte er und stand auf. An Schlaf war nicht mehr zu denken. Müde lief er ins Badezimmer und stellte die Dusche an. Zehn Minuten später fühlte er sich wie neugeboren. Sein Körper dampfte, so heiß hatte er das Wasser eingestellt. Er warf einen Blick in den Spiegel und entdeckte viele Bartstoppeln. ‚Zeit für eine Rasur‘, dachte er sich und streckte seinem Spiegelbild die Zunge raus.

Um sechs Uhr verließ er seine Wohnung und machte sich auf den Weg zum Revier. Dabei kam er an einer Bäckerei vorbei und stattete dieser einen Besuch ab. Mit einer großen Tüte Croissants und Laugenbretzel huschte er wieder hinaus. Ein Lied auf den Lippen betrat er das Dienstgebäude und grüßte den Wachhabenden freundlich: „Moin, Ben, alles gut bei dir?"

„Ja, ähm, bei dir auch, Bernd?", sagte Ben und sah ihn irritiert an. Der hatte ja verdammt gute Laune!

„Mir geht es auch gut, danke der Nachfrage", erwiderte Upmann.

Der Türsummer ertönte und er drückte die Tür auf. Im Büro angekommen, öffnete er die Fenster und ließ frische Luft hinein. In der Zwischenzeit setzte er eine

Kanne Kaffee auf und startete seinen Computer. Er tippte etwas in eine Suchmaschine ein und sah kurz darauf die Stadt Lingen vor sich auf dem Bildschirm. Er verstellte den Radius und druckte das Ganze auf vier Seiten aus.

Nachdem er die Fenster wieder geschlossen hatte, verließ er das Büro und steuerte den Druckerraum an. Sein Ausdruck lag in der Ablage, er nahm die Papiere an sich und kehrte in sein Büro zurück. Dort fügte er die Ausschnitte mit Klebeband zusammen und sah sich um. Wo konnte er das Riesenteil aufhängen? Das Board war zu klein.

Die Wandfläche hinter Majas Tisch war frei. Er zog eine Schreibtischschublade auf und wühlte darin herum. Dort hatte er Stahlnägel gesehen, da war er sich sicher. „Hah, hier seid ihr", frohlockte er und kramte ein paar Nägelchen heraus. ‚Jetzt fehlte nur noch ein Hammer', dachte er. Kopfschüttelnd verließ er das Büro und rannte in die Zentrale. Die Beamten dort sahen ihn erstaunt an und einer fragte: „Was ist los, Bernd? Schlafprobleme?"

Allgemeines Gelächter erklang.

„Witzig, sehr witzig", knurrte Upmann. „Ich brauche einen Hammer, haben wir hier so etwas?"

„Einen Hammer?", fragte sein Kollege und kratzte sich am Kopf.

„Spreche ich undeutlich oder was?", schimpfte Upmann, „ja, einen Hammer. Der muss auch nicht groß sein."

Einer der Beamten stand auf und ging zur Theke. Dort wühlte er in einer Kiste und hielt etwas in die Luft. „Reicht der hier?", fragte er.

„Aber sowas von. Danke dir", erwiderte Bernd und nahm einen kleinen, schmalen Hammer entgegen. Der sollte reichen. Schnell kehrte er ins Büro zurück und nagelte seinen Ausdruck an die Wand.

Er war gerade damit fertig geworden, da öffnete sich die Tür und Maja und Beau betraten das Büro.

„Was machst du denn schon hier?", fragte Beau erstaunt.

„Vor allem, was machst du mit meiner Wand?", rief Maja entsetzt, „schlägst du da etwa Löcher rein?"

Kapitel 23

Die Löcher gipst der Hausmeister wieder zu. Schnappt euch einen Kaffee und kommt her", sagte Upmann.

Er trat an seinen Schreibtisch und holte sich einen Edding und einen Zettel. In der Zwischenzeit nahm sich Maja einen Kaffee und stellte für Beau, der einen Tee wollte, den Wasserkocher an.

„Du solltest mal einen vernünftigen Kaffee trinken und nicht immer so eine Plörre", rief Upmann und lachte.

„Wenn ich dann auch so gut gelaunt bin wie du, versuche ich das tatsächlich einmal", erwiderte Beau.

„Ist die Nacht nicht so gut verlaufen?", frotzelte Bernd und sah ihn an.

„Chef, das geht dich gar nichts an", fauchte Maja und fragte, „was machst du da überhaupt?"

„Ich habe gestern Abend mit Klaus-Dieter telefoniert. Er schätzt, dass wir das IP-Signal in einem Umkreis von grob zehn Kilometern finden könnten. Das hat mir keine Ruhe gelassen und ich habe sehr schlecht geschlafen."

„Das sieht man an den Augenringen, Bernd", warf Beau grinsend ein.

Bevor dieser etwas zu erwidern vermochte, rief Maja: „Jetzt bleibt doch mal bei der Sache, Jungs."

Upmann nickte, erzählte weiter und markierte dabei Punkte auf der Karte: „Hier zeichne ich alle Hotels und Pensionen ein, die in diesem Umkreis liegen."

„Das macht Sinn", bestätigte Maja und schlürfte an ihrem Kaffee.

„Bis jetzt wurden die Morde immer in Nobelhotels ausgeführt, glaubt ihr wirklich, unser Killer steigt in einer Pension ab?", fragte Beau.

Upmann zuckte mit den Schultern, schlenderte zur Kaffeemaschine und schenkte sich einen Kaffee nach. Beau hatte seinen Platz vor der Karte eingenommen. Er hielt mit der linken Hand eine Tasse mit Untersetzer. Mit der rechten Hand griff er zur Tasse und führte sie mit abgespreiztem kleinem Finger zum Mund, um zu trinken.

Upmann sah das, schüttelte den Kopf und fing an zu lachen. Die beiden anderen sahen ihn fragend an. „Du bist mir ein echter Engländer", rief Bernd und kicherte leise. „Um auf deine Frage zurückzukommen. Ich glaube schon, dass unser Mörder in einem teuren Hotel einkehrt. Warum sollte er seine Vorgehensweise ändern?"

„Dann bleibt nur ein Objekt über", sagte Maja und deutete mit einem Stift auf die Karte.

„Das wäre das nobelste Hotel in Lingen", sagte

Upmann, „wir sollten dennoch alle in Frage kommenden Häuser überprüfen."

„Auf jeden Fall", bestätigte Maja, „wir werden ihn finden."

„Warum eigentlich ihn, es könnte doch auch eine Frau sein, die wir suchen", warf Beau ein.

„Korrekt, letztendlich egal. Wir spüren den Killer auf und packen ihn uns", rief Upmann.

„Wie gehen wir vor?", fragte Maja.

„Wir haben immerhin die Bilder aus den Überwachungskameras. Vom Hotel gibt es eins und beim Flughafen wurde auch eine Aufnahme gemacht", antwortete Bernd.

„Darauf wurde der Typ schon in der Autoverleihfirma erkannt", wandte Beau ein, „die können wir auf jeden Fall nutzen."

„Wir teilen uns auf, jeder übernimmt einen Bereich", ordnete Bernd an und lief wieder zur Wand. „Beau und Maja, ihr fahrt zusammen und nehmt euch diesen Bezirk vor." Dabei kreiste er mit einem Leuchtmarker die Fläche ein. „Ich werde mir diese Ecke vornehmen", erzählte er weiter und markierte das mit einer anderen Farbe.

„An die Arbeit", rief Maja und setzte sich an den Schreibtisch. Dort fing sie an, die Anschriften der Pensionen und Hotels herauszusuchen.

„Ich wusste gar nicht, dass wir so viele Pensionen in Lingen und Umgebung haben", rief Bernd und schüttelte belustigt den Kopf.

„Oh Mist, mir fällt da gerade etwas ein", stöhnte Maja und fasste sich an den Kopf.

„Ihr habt gestern etwas vergessen?", frohlockte Bernd und warf Beau einen anzüglichen Blick zu.

„Hättest du wohl gerne", antwortete dieser und zeigte ihm einen Vogel. „Du bist zu lange alleine. Schau dir doch Filmchen an oder besuche gewisse Häuser, dann bist du nicht mehr so verkrampft."

„Ich verkrampfe dich gleich", knurrte Bernd und sah ihn mit unheilvollem Blick an. „Was hast du vergessen, Maja?", fragte er.

„Zurzeit finden die Revisionsarbeiten am Kraftwerk in Lingen statt", sagte sie, „das heißt, sämtliche Pensionen und Hotels werden ausgebucht sein."

„Du hast Recht, daran habe ich gar nicht gedacht", bestätigte Upmann und kratzte sich am Kinn. Dabei fand er Bartstoppeln. Verwundert fuhr er mit dem Finger über die Stelle. Er hatte sich doch rasiert heute Morgen?

„Das heißt also Mehrarbeit für uns", schlussfolgerte Beau und zuckte mit den Schultern.

„Lasst uns loslegen", rief Bernd und stand auf. Er schnappte sich seine Jacke und sagte: „Heute Nachmittag treffen wir uns um sechzehn Uhr wieder hier. Einverstanden?"

„In Ordnung", rief Beau und legte einen Spruch nach, „pass auf, welche Häuser du aufsuchst."

„Du mich auch", schimpfte Bernd und verduftete aus dem Büro. Er verließ das Gebäude und lief auf seinen Wagen zu. Abrupt blieb er stehen und schlug sich mit der Hand auf die Stirn. „Michalske", sagte er fluchend. Er hatte vergessen, ihren Verdächtigen auf freien Fuß zu setzen!

Der Beamte im Eingangsbereich schüttelte verwundert den Kopf, als Upmann in das Gebäude gerannt kam. Dieser lief wortlos weiter und steuerte das Zentralbüro an. „Ich benötige den Schlüssel für Zelle drei. Der Michalske kann gehen", rief er den Beamten zu."

„Soll ich mitgehen?", fragte ein Kollege ihn, stand auf und nahm einen Schlüssel vom Bord. Diesen reichte er Upmann.

Der schüttelte den Kopf und antwortete: „Das schaffe ich alleine. Danke."

Kapitel 24

Merten saß in seinem Hotelzimmer und las die aktuelle Tageszeitung. Sie gehörte zum Service des Hotels dazu und lag jeden Morgen, nachdem die Putzkolonne ihre Arbeit erledigt hatte, auf dem kleinen Tisch. Er unterbrach seine Lektüre und lauschte. Leise Stimmen waren auf dem Flur zu hören. Es waren neue Gäste eingetroffen! Er beschloss, einen Spaziergang zu unternehmen. Dabei würde er einen Blick in die Empfangshalle werfen.

Er verließ seine Suite und verschloss die Tür. Auf dem Flur waren keine Personen zu sehen. Über der Aufzugstür leuchtete die Etagenzahl auf und die Türen öffneten sich mit einem leisen Geräusch. Merten zögerte einen kleinen Moment und warf einen Blick hinüber. Ein Hotelangestellter zog zwei Koffer hinaus und stellte sie vor der Suite ab, in dem sein Opfer einziehen würde.

Mit einem Lächeln im Gesicht stieg er die Treppe hinunter ins Foyer. Vor dem Empfangsschalter stand sie! In Wirklichkeit sah die Frau umwerfend aus. Kein Vergleich mit dem Foto, das man ihm auf den Laptop geschickt hatte. Mit langsamen Schritten passierte er den Empfang und nickte grüßend.

„Willkommen im Hotel am Wasserfall, Frau von Lohe", hörte er den Empfangschef sagen.

„Dankeschön", antwortete die Frau. Sie hatte eine leicht rauchige Stimme, die angenehm klang.

„Wir wünschen Ihnen einen unvergesslichen Aufenthalt in unserem Hause", waren die letzten Worte, die Merten noch hörte, bevor er das Hotel verließ.

‚Das wird ein Urlaub, den sie nie vergessen, ähm, überleben wird‘, dachte er sich und lief zum Bootssteg. Nachvollziehen konnte er den Auftrag nicht. Diese Frau machte nicht den Eindruck einer Furie oder Ähnlichem. Sie war nicht nur hübsch und gut gekleidet, ihre ganze Erscheinung wirkte unauffällig attraktiv. Doch Geld regierte diese Welt und ihr Ehemann hatte beschlossen, dass sie nicht mehr zu ihm passte. Aus welchen Gründen auch immer. Dafür bezahlte er eine utopische Summe, die ihn zu einem freien Mann machen würde. ‚Möglicherweise spielt er ja den trauernden Witwer‘, dachte er sich und zuckte mit den Schultern. Ihm konnte es egal sein, er würde seinen Job souverän erledigen.

Auf dem Bootssteg angekommen, sah er dem Hotelboot zu, wie es ablegte. Das Schiff war mit einer Gruppe feiernder Menschen unterwegs. Dort ging es hoch her und es wurde gesungen. Das passte gut, denn so würde keiner auf einen einzelnen Mann achten, der am Steg stand und auf das Wasser sah.

Das Ruderboot dümpelte an der Stelle und die Ruder lagen im Boot. Er machte sich auf den Rückweg zum Hotel. Jetzt war es an der Zeit, den Leihwagen abzuholen und diesen zu parken.

Auf dem Parkplatz des Hotels stieg er in sein Fahrzeug und verließ das Hotelgelände. Er fuhr in Richtung Stadt. Auf der Straße, die zum Autoverleiher führte, gab es ein großes Parkhaus. Dort bog er ab und löste ein Ticket. Er steuerte den Wagen in die erste Etage und fand sofort einen freien Platz. Nach einem kurzen Blick in den Innenraum, um sich zu vergewissern, dass er nichts zurückgelassen hatte, stieg er aus. Zu Fuß verließ er das Gebäude und marschierte die Straße hinunter.

Nach wenigen Gehminuten betrat er das Büro der Autovermietung. Ein junger Mann saß dort und telefonierte. Merten wartete geduldig. „Wie kann ich Ihnen helfen?", fragte der Mitarbeiter, nachdem er aufgelegt hatte.

„Mein Name ist Schwarm, ich habe ein Fahrzeug gemietet. Einen Jeep", antwortete er.

„Einen kleinen Moment, das schaue ich sofort nach", sagte der Angestellte und tippte etwas in seinen PC. „Ah ja, hier haben wir es schon. Die Papiere sind fertig, wie ich sehe. Alles in bester Ordnung." Er öffnete eine Schublade und entnahm ihr einen Schlüssel. Diesen überreichte er ihm. „Eine gute Fahrt. Bei Problemen rufen Sie uns bitte sofort an."

„Das werde ich machen", antwortete Schwarm, nahm den Fahrzeugschlüssel entgegen und verließ das Büro. Zielstrebig ging er zum Jeep und stieg ein. Vorsichtig parkte er rückwärts aus und fuhr vom Grundstück. Zwanzig Minuten später bog er in den Waldweg ein und stellte den Wagen vor der Schutzhütte ab.

Er stieg aus und verschloss das Fahrzeug. Unauffällig sah er sich um. Keine Personen in Sicht. Das lief alles nach Plan! Leise summend entfernte er sich und spazierte zum Hotel zurück. Er würde sich Zeit lassen, da es früher Nachmittag war.

Kapitel 25

Upmann steckte den Schlüssel in die Zellentür und schloss diese auf. Michalske lag auf seiner Pritsche und schlief tief und fest. „Aufstehen", rief er mit lauter Stimme in den Raum hinein.

Der Schlafende zuckte zusammen und hob den Kopf. Völlig verschlafen murmelte er: „Was ist los? Schon wieder ein Verhör?"

„Moin Langschläfer, du bist entlassen", antwortete Bernd und lehnte sich an den Türrahmen. Es dauerte einen Moment, bis Michalske die Worte begriffen hatte. Schlagartig war der Mann wach.

„Hat mein Anwalt euch Feuer gemacht?", rief er schon wesentlich munterer und setzte sich aufrecht hin.

„Dein Anwalt hat damit nichts zu schaffen", erwiderte Upmann und rümpfte die Nase, „der Kerl wird dir eine fette Rechnung schicken und hat nicht großartig dafür arbeiten müssen. Die kriminaltechnische Untersuchung hat dich entlastet. Das ist alles."

In der Zwischenzeit hatte Michalske seine Schuhe unter der Liege hervor gefischt und diese angezogen.

Er stand auf und schnappte sich seine Jacke, die auf einem Stuhl hing.

„Soll ich dich noch irgendwo absetzen?", fragte Upmann, „ich fahre jetzt in die Stadt."

„Bei einer Bäckerei wäre nicht schlecht, ich habe einen Mordshunger", erwiderte Michalske und rieb sich seinen Bauch.

„Gute Idee, ich könnte auch etwas gebrauchen", wandte Upmann ein und trat aus dem Raum.

Michalske folgte ihm und beide verließen das Dienstgebäude. Sie stiegen in das Fahrzeug und Upmann ließ den Motor an. Langsam fuhr er vom Gelände in Richtung Innenstadt.

„Darf ich dich auf einen Kaffee einladen?", fragte er seinen Beifahrer, der ihn misstrauisch von der Seite anschaute und antwortete: „Willst du mir etwas anhängen?"

„Entweder hast du etwas genommen, dann nimm weniger in Zukunft oder du schaust die falschen Filme", schimpfte Upmann und schüttelte den Kopf über diesen Spruch.

„Ist ja schon gut", lenkte Michalske ein, „darfst mich einladen, bin knapp bei Kasse. Und werde es in Zukunft auch bleiben."

Upmann runzelte die Stirn über diese Bemerkung, sagte aber nichts. Er fand einen freien Parkplatz vor einer großen Bäckerei und steuerte diesen an. Die beiden stiegen aus und betraten das Gebäude.

„Zweimal das große Frühstück und jeweils einen Pott Kaffee bitte", gab Upmann bei der Verkäuferin seine Bestellung auf.

„Gerne, bringe ich Ihnen sofort", antwortete diese.

Die beiden suchten sich einen freien Tisch und setzten sich hin. Das Frühstück wurde serviert und sie fingen schweigend an zu essen.

„Wie meintest du das vorhin. du würdest in Zukunft auch klamm sein?", fragte Upmann und trank einen Schluck Kaffee.

„Ach, meine Frau hat mich doch verlassen. Die ist jetzt mit einem Immobilienmakler zusammen. Der Typ kommt aus Lingen und ist sogar adelig. Da kann ich nicht mithalten", erzählte Michalske und kaute verbissen auf seinem Brötchen herum.

„Wie verlassen, einfach so?", fragte Upmann nach.

„Die hat da im Büro gearbeitet. Es fing mit vielen Überstunden an und sogar eine Geschäftsreise musste sie mit dem Chef machen. In die Schweiz, daran erinnere ich mich noch", erzählte sein Gegenüber.

„Das schmerzt, ich weiß wie sich das anfühlt", warf Upmann ein.

„Amanda, so heißt meine Ex, ist ein paar Jahre jünger als ich. Sie hat gerne eingekauft und nichts war auf Dauer gut genug", schimpfte Michalske und blickte zum Fenster hinaus. „Ich verdiene zwar nicht schlecht als Maschinenführer und Vorarbeiter, doch das reichte ihr nicht mehr. Hinzu kam, dass sie immer öfter auf Partys zog. Dafür hatte ich nach einer anstrengenden Woche keine Lust. Eine Freundin hat ihr dort den Typen vorgestellt."

Upmann nickte. Er konnte sich vorstellen, wie Michalske sich fühlte. Der Mann war ihm sympathisch, obwohl ihm eine von ihm verpasst worden war.

„Bei mir war es so ähnlich, doch es ging nicht ums Geld", erzählte Upmann und schmierte sich dabei ein Brötchen mit Marmelade. „Meine erste Ehe scheiterte, weil wir zu jung und unerfahren waren. Jetzt bekommst du es hin, habe ich mir bei Ehefrau Nummer zwei vorgenommen. Die ersten Jahre liefen gut, doch der Polizeijob ist ein leiser Killer. Die unzähligen Überstunden, Einsätze am Wochenende, der ganze Stress. Das führte zu Streitereien." Er legte eine Pause ein und biss in sein Brötchen. Marmelade tropfte auf seinen Pullover und er bemerkte es gar nicht.

Michalske nickte verständnisvoll und zeigte dann mit dem Finger auf den Flecken: „Du hast gekleckert."

Upmann war es egal. Der Schmerz kochte in ihm hoch. Gedankenverloren nahm er eine Serviette und putzte die Marmelade weg. Dass er dadurch den Flecken nur vergrößerte, ignorierte er.

„Sie saß oft alleine zu Hause und hatte Angst um mich", erzählte Upmann weiter, „ich stieg in der Karriereleiter nach oben und hatte immer weniger Zeit für sie. Ja, und dann hat sie diesen Chirurgen kennengelernt. Der hat Geld, pünktlich Feierabend in seiner Privatklinik und kann ihr viel bieten."

„Oh Mann, du bist ja genauso Scheiße dran wie ich. Sorry noch einmal, dass ich dir eine gescheuert habe", sagte Michalske und streckte die Hand über den Tisch aus.

„Schon vergessen; Stefan. Dafür gibst du mir ein paar Runden in unserem Lokal aus", lachte Upmann und schüttelte die Hand.

„Das muss ich mir erst einmal leisten können, sonst gerne", antwortete Michalske. „Amanda verklagt mich mit Sicherheit auf Unterhalt und die Wohnung bin ich los. Das gesamte Wohnviertel wird plattgemacht und da entsteht ein neues Industriegebiet. Das witzige daran ist auch noch, dass genau der Typ dieses Objekt durchzieht, der mir auch meine Frau ausgespannt hat."

Upmann wurde hellhörig. „Wo entsteht ein Industriegebiet?", fragte er.

„Zwischen Lingen und Meppen, ein riesiger Komplex wird dort aus dem Boden gestampft", antwortete Michalske, „ich habe gehört, da soll sich eine Chemiefirma ansiedeln. Mächtig viel Geld haben die sich das kosten lassen, erzählt man sich."

„Das ist ja interessant", murmelte Upmann, „wie lautet der Name des Immobilienmaklers?"

„Mirko von Lohe heißt der. Stinkreich, aber das habe ich ja schon erzählt", antwortete Michalske.

Upmann griff zum Handy und stand auf. „Klaus-

Dieter, hör zu. Überprüf einen von Lohe aus Lingen."
Er schwieg und nickte. „Genau, das gleiche Programm
wie bei den anderen und sag mir sofort Bescheid."

Er griff zu seiner Kaffeetasse und trank den Rest
auf. „Ich übernehme das Frühstück, hast einen gut bei
mir. Wir sehen uns", rief er Michalske zu und ging zur
Kasse.

Der Angesprochene sah ihm verdattert hinterher.
Was war das denn jetzt für ein Abgang?

Kapitel 26

Upmann stieg in seinen Wagen und nahm sein Handy in die Hand. Er wählte Majas Nummer und wartete. „Hier ist die Mailbox von Maja Brand", bekam er zu hören. Fluchend legte er auf. Unruhe breitete sich in ihm aus. Sein Bauchgefühl meldete sich, an der Information von Michalske war etwas dran. Es gab einen Zusammenhang, das spürte er, doch was war es?

Langsam fuhr er zum Präsidium zurück. Gedankenverloren setzte er den Blinker und bog ab. Im letzten Moment sah er den Radfahrer und bremste. Der schimpfte wie ein Rohrspatz und zeigte ihm den Mittelfinger. „Reg dich ab, ist doch nichts passiert", murmelte Upmann und lenkte den Wagen in eine Parklücke.

Er betrat das Gebäude und sah Achim Krause, der im Flur stand und mit jemandem sprach. Er winkte und sein Freund öffnete von innen die Tür. „Kommst du gleich in mein Büro", flüsterte Upmann ihm zu und dieser nickte.

Er öffnete die Tür zu seinem Dienstzimmer und

in dem Moment klingelte sein Handy. „Hallo Maja", sagte er, „schön, dass du zurückrufst. Habt ihr schon etwas erreicht?", fragte er und lauschte in den Hörer. „Okay, bleibt dran", sagte er und legte auf.

In diesem Moment betrat Achim Krause das Büro. „Was gibt es, Bernd?", fragte er sofort.

„Ich glaube, wir haben eine Spur", antwortete Upmann und hob die Arme, „ist nur so eine Vermutung. Du kennst mich ja, mein Bauch."

„Erzähl schon", forderte Achim ihn ungeduldig auf.

„Der vermeintlich Tatverdächtige Michalske", begann Upmann, „den haben wir heute Morgen entlassen. Ich habe ihm noch einen Kaffee spendiert und mir ein schnelles Frühstück reingezogen."

„Man sieht es klar und deutlich", grinste Krause und zeigte mit seinem Finger auf den Marmeladenfleck, der auf der Brust von Upmann prangte.

„Unterbrich mich doch nicht", schob er den Finger weg und fuhr fort, „also dieser Michalske wurde von seiner Frau verlassen. Die ist mit einem Immobilienmakler abgedampft. Es könnte ja etwas mit unserem Fall zu tun haben, wer weiß. Ich habe Bartzig darauf angesetzt, der soll den Typen überprüfen."

„Hm, ich weiß nicht", sagte Krause und zog die Stirn hoch, „mehr haben wir nicht?"

„Doch, haben wir. Klaus-Dieter hat herausgefunden, dass unser Killer sich in Lingen plus zehn Kilometer Radius aufhält. Zumindest sein Handy", antwortete Upmann, „Beau und Maja überprüfen schon die

Pensionen und Hotels mit den Fotos, die wir in diesem Fall haben."

„Halt mich auf dem Laufenden, Bernd. Bleibt da auf jeden Fall dran. Der darf nicht noch einmal zuschlagen", sagte Krause und verabschiedete sich.

Upmann stand vor der Wand, an der er die Karte befestigt hatte und grübelte. ‚Der steigt nicht in einer Pension ab, das glaube ich nicht', dachte er sich. Er hatte zwei Hotels, die in seinen Bezirk fielen, dort würde er jetzt anfangen.

Er kehrte an seinen Schreibtisch zurück und öffnete die Fallakte. Die Fotos vom vermeintlichen Killer fotografierte er mit seinem Handy. Das hatte er heute Morgen vergessen. Er stand auf und verließ das Gebäude. Am Wagen angekommen, stieg er ein und fuhr los. Aufmerksam fädelte er sich in den Verkehr ein. Nach zehn Minuten parkte er vor dem ersten Hotel, welches er überprüfen musste.

Er betrat das Gebäude und lief zum Empfang. Ein junger Mann in Hoteluniform stand hinter dem Tresen. Er begrüßte ihn freundlich: „Guten Tag, was kann ich für Sie tun?"

„Mein Name ist Hauptkommissar Upmann von der Kriminalpolizei Lingen. Ich hätte da eine Frage an Sie", antwortete Upmann ihm.

„Gerne", bekam er zur Antwort, „können Sie mir auch einen Dienstausweis zeigen?"

„Ja natürlich, entschuldigen Sie bitte", erwiderte Upmann und zückte den Ausweis, „hier ist er. Sie können auch gerne im Präsidium anrufen und sich vergewissern."

„Das wird nicht nötig sein", sagte der Hotelangestellte, nachdem er sich den Ausweis angesehen hatte, „fragen Sie."

„Sie haben doch mit Sicherheit ein gutes Gedächtnis und merken sich Gesichter und Namen", begann Upmann das Gespräch und hob sein Handy. Dieses legte er auf den Tresen und deutete mit dem Finger auf das Foto, das in der Tiefgarage in England vom Killer geschossen wurde. „Haben Sie einen Gast, der diesem Mann hier ähnlich sieht?"

Der Angesprochene sah sich das Bild genau an und schüttelte den Kopf. „Nein. Gerne frage ich aber meine Kollegin, die zieht sich gerade um zum Feierabend."

„Das wäre klasse, vielen Dank", erwiderte Upmann.

Der Mann drehte sich um und verschwand im Hinterzimmer. Nach wenigen Minuten war er wieder da und rief: „Sie ist gleich fertig und kommt hierhin."

„Schön, dann warten wir", sagte Upmann.

„Was hat er denn angestellt?", fragte der Angestellte und sah ihn mit neugierigem Blick an.

„Das darf ich leider nicht sagen", antwortete Upmann, „aus ermittlungstechnischen Gründen", fügte er hinzu und lächelte.

Eine junge Frau kam an den Empfang und fragte: „Wie kann ich helfen? Dauert das lange, ich muss noch meinen Sohn aus der Kita abholen."

„Das geht ganz schnell", sagte Upmann und schob

ihr das Handy zu. „Haben Sie diesen Mann schon einmal gesehen? Sieht ein Gast in ihrem Haus dem Bild hier eventuell ähnlich?"

Die Frau sah sich das Foto genau an und schüttelte den Kopf. „Nein, der sieht keinem unserer Gäste ähnlich, dass wäre mir aufgefallen. Ich kann mir nämlich sehr gut Gesichter merken, müssen sie wissen."

„Das glaube ich Ihnen sofort", antwortete Upmann und nahm sein Telefon wieder an sich. „Vielen Dank für Ihre Mithilfe und einen schönen Abend." Er grüßte und verließ das Hotel.

Kapitel 27

Im Wagen sah er auf seine Armbanduhr. Fünfzehn Uhr war es schon. Sein Telefon klingelte und Beau war dran: „Was gibt es?", fragte Upmann und steuerte das Fahrzeug in den Verkehr.

„Wir haben bis jetzt nur Nieten", erzählte dieser, „nach einer kleinen Mittagspause fahren wir die letzten vier Pensionen ab, das wollte ich dir nur kurz sagen."

„Ist in Ordnung", antwortete Upmann, „ich fahre jetzt zum Nobelhotel und frage dort nach, melde mich dann später."

Die Fahrt zum Hotel dauerte zwanzig Minuten. Der Feierabendverkehr setzte ein und die Ampeln schalteten nach jedem zweiten Wagen auf Rot. „Das hasse ich so an einer Stadt", schimpfte Upmann und ärgerte sich über die erneute Rotphase.

Leicht gereizt erreichte er sein Ziel und fuhr die Einfahrt zum Hotelgebäude hoch. ‚Was für ein tolles Hotel, direkt an der Ems!', dachte er sich. Er suchte sich einen freien Parkplatz und stellte den Wagen ab. Auf dem Weg zum Eingang blieb er kurz stehen und sah sich um. Am Anlegesteg warteten einige Personen. ‚Die machen einen Ausflug', dachte er sich und sah auf das Fahrgastschiff, das sich dem Hotel näherte.

Er betrat das Gebäude und steuerte den Empfang an. Die Ausstattung war hier schon um einiges gehobener gegenüber dem ersten Hotel, das er besucht hatte. Eine Frau sah ihm entgegen und lächelte. „Einen schönen Tag wünsche ich Ihnen, wie kann ich helfen?", fragte sie freundlich.

Er wiederholte seinen Spruch: „Mein Name ist Hauptkommissar Upmann von der Kriminalpolizei Lingen. Ich hätte da eine Frage an Sie", antwortete Upmann ihr.

„Dann fragen Sie mal", bekam er zur Antwort und die Augen der Frau funkelten belustigt. Sie musterte ihn amüsiert und ihr Blick blieb an dem Marmeladenfleck hängen.

„Möchten sie nicht meinen Ausweis sehen?", fragte er verwundert und versuchte abzulenken, „da kann doch jetzt jeder kommen." Das klang schon fast enttäuscht.

„Entschuldigen Sie, wenn ich das so sage", antwortete die Frau, „doch so, wie Sie den Satz heruntergeleiert haben, machen Sie das nicht zum ersten Mal. Aber wenn Sie möchten, schaue ich mir den Ausweis an."

‚Die war nicht auf den Mund gefallen', dachte er sich und grinste. Er nahm sein Handy und öffnete die Bilddatei. „Haben Sie diesen Mann schon einmal gesehen? Ist der zufällig Gast in Ihrem Hause oder sieht er einem Gast ähnlich?"

Die Frau nahm das Handy und sah sich das Bild genau an. Sie schüttelte den Kopf und reichte ihm sein Telefon zurück.

„Schade", erwiderte Upmann ihr und zuckte mit den Schultern. „Es haben doch noch andere Kollegen von Ihnen hier Dienst, oder?"

„Natürlich", lachte sie, „wir haben jedoch vor einer halben Stunde Schichtwechsel gehabt. Dann müssten Sie morgen früh wieder reinkommen."

„Das werde ich", versprach Upmann, steckte sein Telefon ein und verabschiedete sich.

Auf dem Weg zum Wagen musste er sich durch eine große Gruppe Gäste hindurch schlängeln. Sie hatten kurz vorher das Ausflugsboot verlassen und liefen zu ihren Fahrzeugen. Er beschloss, einen Moment im Auto zu warten, bis sich das Chaos auf dem Parkplatz gelichtet hatte. In dem Augenblick, als er den Wagen startete, klingelte sein Telefon.

„Klaus-Dieter, was gibt es?", rief er in den Hörer.

„Du musst sofort bei mir vorbeikommen", antwortete dieser, „ich habe da etwas entdeckt, was sehr interessant sein dürfte."

„Gib mir zwanzig Minuten", rief Upmann. Er legte auf und startete das Fahrzeug. Mit durchdrehenden Rädern jagte er vom Parkplatz. Kurz überlegte er, sein Blaulicht zu nutzen, entschied sich aber dagegen. Er wollte die Geduld von Krause nach der Aktion mit dem Mustang nicht auf eine weitere Probe stellen.

Fast auf die Minute genau parkte er vor dem Mehrfamilienhaus, in dem sein Freund die Wohnung hatte. Er stand im Parkverbot! ,Das riskiere ich jetzt', dachte er sich und stieg aus.

Wahllos betätigte er die Klingelknöpfe auf der großen Tafel und schon summte der Türöffner. Er drückte die Eingangstür auf und hastete die Treppen hinauf. Schwer atmend stand er vor der Wohnung seines Freundes und klingelte. Klaus-Dieter öffnete kurze Zeit später. „Hallo", rief Upmann und trat ein. Klaus-Dieter war schon wieder in seinem Arbeitszimmer verschwunden. Upmann stolperte über ein paar Schuhe, die im Flur lagen und schnüffelte. „Was stinkt denn hier so?", rief er. Keine Antwort.

„Sag mal, hat es dir die Sprache verschlagen? Warum sollte ich jetzt so schnell kommen?", fragte er und blieb im Türrahmen wie angewurzelt stehen.

Sein Freund hämmerte in wildem Tempo auf seiner Tastatur herum und drehte sich dann mit Schwung auf seinem Drehstuhl um. Dabei warf er einen ganzen Stapel Dosen vom Tisch.

Upmann erschrak, als er Klaus-Dieter ins Gesicht sah. „Alter Schwede, wie siehst du denn aus?", fragte er entsetzt.

„Ich habe etwas gefunden", erwiderte sein Freund aufgekratzt. Er wirkte total überdreht.

„Hast du Drogen genommen? fragte Upmann und

sah sich um. Dann dämmerte es ihm. Die Dosen auf dem Boden waren Energy Drinks. Unzählige davon lagen im ganzen Raum verteilt. Deshalb stank das so süßlich!

„Spinnst du?!", brüllte er ihn an und bahnte sich einen Weg zum Fenster. Mit einer Hand wischte er alles von der Fensterbank, um frische Luft hereinzulassen.

Kapitel 28

Ey, das wird kalt", meckerte Klaus-Dieter und griff zu einer neuen Dose Energy Drink.

„Dann wirst du wieder normal", antwortete Upmann und nahm ihm die Dose aus der Hand, „damit ist jetzt erst einmal Schluss. Du kippst mir gleich um und kollabierst."

„Was soll ich denn dann trinken, bin ja schon die ganze Nacht wach", maulte sein Freund.

„Ich koche dir einen Tee und bis dahin gibt es Mineralwasser", entschied Upmann und bahnte sich einen Weg durch das vollgemüllte Büro in Richtung Küche.

„Bist du gar nicht neugierig, was ich herausgefunden habe. Das ist echt der Hammer", prahlte Klaus-Dieter.

„Bin gleich bei dir, setzte nur das Wasser auf", rief Upmann aus der Küche.

Fünf Minuten später stand er neben seinem Freund und reichte ihm eine Tasse Tee.

„Echt jetzt, Kamillentee?", sagte dieser und sah ihn an, „ich habe es nicht mit dem Magen."

„Trinken", befahl Upmann, „und erzählen."

„Ich sollte doch Mirko von Lohe checken", begann dieser zu reden. „Der verdient seine Brötchen ebenfalls mit Immobilien. Die Firma ist nicht so groß wie die anderen beiden, am Hungertuch nagt der Mann auf jeden Fall nicht. Neben den Immobilien ist er fett im Waldgeschäft unterwegs. Holzhandel im großen Stil. Der besitzt hunderte Hektar Waldfläche."

„Weiter, komm zum Punkt", drängelte Upmann und suchte sich einen Sitzplatz, denn das schien länger zu dauern.

„Es wird ein riesiges Industriegebiet zwischen Lingen und Meppen entstehen, da hatte Michalske Recht", fuhr Klaus-Dieter fort, „und sämtliche Wohnungen, die dort in dem Gelände stehen, werden dem Erdboden gleichgemacht. Die Kündigungswelle läuft. Die Mieter gehen natürlich auf die Barrikaden und haben Anwälte eingeschaltet, doch der Herr von Lohe hat Beziehungen bis ganz nach oben, wenn du verstehst, was ich damit meine."

Upmann nickte und hatte sofort ein Bild vor Augen. Die reichen Herrschaften tafelten mit wichtigen Personen, die an den zuständigen Stellen saßen. Dafür wurde hier mal ein Urlaub oder ein Bordellbesuch spendiert. Was man halt benötigte, um die Unterschrift zu erhalten. Papiere und Genehmigungen durchliefen die offiziellen Behörden und alles war rechtlich korrekt. Dafür sorgten schon Horden von Anwälten. So verdienten die Reichen ihr Geld und die Kleinen schauten in die Röhre.

Klaus-Dieter redete weiter: „Der eigentliche Knaller kommt aber jetzt! Für dieses Projekt haben sich drei Firmen beworben. Unsere Kandidaten aus Meppen, Lingen und Mannheim. Die kennen sich und haben miteinander Kontakt. Das hat meine Providerabfrage ergeben."

Upmann sah ihn an und sagte: „Okay, das hört sich gut an, doch wie können wir das verwenden? Du siehst mich so an, was ist es?"

„Von Lohe hat hier in Lingen für einige Tage ein Doppelzimmer in einem Nobelhotel gebucht", erzählte Klaus-Dieter, „für zwei Personen. Doch seine Frau wird die Tage wohl alleine verbringen."

„Wie kommst du darauf?", fragte Upmann und in seinem Magen zuckte es.

„Der Mann hat für sich und seine Sekretärin einen Kurztrip nach Bali gebucht. Ich habe seine Kreditkartenabrechnung runtergeladen", sagte sein Kumpel und lachte vergnügt.

„Das verstehe ich jetzt nicht", sagte Upmann und kratzte sich am Kopf.

„Was ist daran nicht zu verstehen?", rief Klaus-Dieter, „der Typ bucht offiziell im Hotel. Er wird entweder mit seiner Frau dort einchecken oder sich schon vorher vom Acker machen. Der Flug ist auf seinem Namen gebucht und ich habe seine Daten überprüft. Seine Begleitung taucht in den Lohnlisten seiner Firma auf. Sie ist dort als Sekretärin angestellt."

„Du machst mir Angst", murmelte Upmann und

stand auf. Er zog sein Handy aus der Tasche und wählte die Nummer von Maja. Diese nahm das Gespräch nach dem zweiten Läuten entgegen.

„Kommt sofort ins Büro. Es ist dringend", rief er in den Hörer und legte auf. Zu Klaus-Dieter sagte er: „Zieh dich an, du fährst mit."

Fünf Minuten später waren sie unterwegs und rasten durch die Stadt. Upmann hatte das Blaulicht eingeschaltet und fuhr wie der Teufel. Sein Freund hielt sich verkrampft am Türgriff fest.

Mit quietschenden Reifen schoss er auf den Parkplatz vor dem Dienstgebäude. Zwei Kollegen sprangen zur Seite und einer zeigte ihm einen Vogel. Upmann achtete nicht darauf. Jetzt galt es zu handeln und zwar schnell.

Kapitel 29

Upmann und Klaus-Dieter rannten die Treppenstufen zum Eingang hinauf. Der diensthabende Beamte sah sie kommen und betätigte ohne Aufforderung den Türöffner. Mit Schwung öffnete Upmann die Zwischentür zum Hauptflur und lief eilig weiter. Sein Freund hatte Probleme, ihm zu folgen und japste: „Mach mal einen Schritt langsamer, Bernd, mir geht das nicht gut."

„Gleich kannst du dich hinsetzen, wir sind sofort da", bekam er zur Antwort.

Der Hauptkommissar riss die Bürotür auf und wartete im Türrahmen auf Klaus-Dieter. Dieser schnappte heftig nach Luft und hatte eine ungesunde Gesichtsfarbe. Er nahm seinen Arm und führte ihn zu seinem Schreibtisch.

„Ich hole dir erst einmal ein Glas Wasser", sagte er und eilte zum Wasserspender, der im Flur stand. Mit einem großen Becher frischem Mineralwasser kehrte er zurück.

„Trink das. Ist gesünder als dein Energy-Mist, den

du massenhaft in dich rein geschüttet hast", sagte er und reichte seinem Freund den Becher.

„Danke", antwortete der und griff mit zittrigen Fingern danach. Gierig trank er mehrere Schlucke.

In diesem Moment öffnete sich die Bürotür und Maja, in Begleitung von Beau, trat in das Zimmer.

„Was ist passiert, Chef?", rief Maja. Sie hatte rote Flecken am Hals, ein sicheres Zeichen, wenn sie aufgeregt war.

„Alles in Ordnung mit dir, Klaus-Dieter?", fragte Beau und sah den Mann mit besorgtem Blick an.

„Ja, es geht gleich wieder", antwortete der und leerte sein Wasserglas in einem Zug.

„Warum hast du uns so dringend hierher bestellt, Bernd?", fragte Maja, „wir hätten noch drei Pensionen auf unserer Liste gehabt."

„Es gibt Neuigkeiten, setzt euch lieber, die haben es in sich", antwortete der. „Bist du in der Lage zu reden Klaus-Dieter?"

Klaus-Dieter nickte und stand auf. Er schlurfte zum Fenster und öffnete das weit. Dann lehnte er sich mit dem Rücken an die Fensterbank und fing an zu reden: „Ich habe etwas sehr Entscheidendes entdeckt."

„Das da wäre?", fragte Beau ungeduldig und trommelte mit seinen Fingern auf die Tischplatte.

„Lass ihn doch mal ausreden", schimpfte Upmann und gab seinem Freund ein Zeichen weiterzureden. „Der Immobilienmakler von Lohe hat sich mit seiner Ehefrau hier in Lingen im Hotel am Wasserfall eine

Suite reservieren lassen. Doch er wird das Zimmer nicht beziehen."

„Warum nicht?", fragte Maja und sah ihn erstaunt an, „und woher willst du das wissen?"

„Ich habe mich in das System gehackt. Von Lohe hat parallel zur Buchung eine zweite getätigt. Er fliegt mit seiner Sekretärin nach Bali", erzählte Klaus-Dieter weiter.

Die anderen schwiegen. Das saß und musste erst einmal verdaut werden.

Beau fand als Erster seine Sprache wieder und rief: „Wow. Das würde genau in das Schema der vorangegangenen Taten passen. Die Ehemänner sind zeitgleich an anderen Orten unterwegs. In Begleitung fremder Damen."

Wieder herrschte Schweigen im Zimmer. Upmann ging zur Kaffeemaschine und füllte diese. Das Brodeln des Wassers, das erhitzt wurde und das nachfolgende Blubbern des Kaffees waren die einzigen Geräusche, die zu hören waren.

„Dann ist Frau von Lohe unser nächstes Opfer", schlussfolgerte Upmann und sah in die Runde.

„Ich kann das gar nicht fassen", murmelte Maja und schüttelte den Kopf, „hier in Lingen könnte ein Profikiller sein Unwesen treiben und wir sind ihm auf der Spur. Das ist alles so einfach, so unwirklich."

„Das sehe ich anders", erwiderte Upmann, „der Killer ahnt nicht, dass man ihm auf der Fährte ist. Sonst hätte er nicht so offen mit seinem Handy oder

PC-Spuren hinterlassen. Das dürfte sich selbst in diesen Kreisen herumgesprochen haben, dass man auch im Netz nicht unsichtbar unterwegs ist."

Beau grübelte und sagte dann: „Er weiß es, aber es ist ihm egal. Was könnte das heißen?"

„Er geht in Rente", rief Upmann lachend und schwenkte die Kaffeekanne, „jemand Durst auf einen kräftigen Kaffee?"

Kapitel 30

Beau schüttelte den Kopf, doch Maja hielt Bernd ihre leere Tasse und er schenkte ihr Kaffee ein. Keiner hatte über seinen Versuch, witzig zu sein, gelacht. Alle wirkten verkrampft und angespannt.

„Du könntest Recht haben mit deiner Bemerkung", sagte Beau und nahm einen Schluck Wasser, das er sich in der Zwischenzeit eingeschenkt hatte „das ist sein letzter Auftrag."

„Darum achtet er nicht so genau auf seine Sicherheit, zumindest wenn er im Netz unterwegs ist", warf Maja in die Runde.

„Bekomme ich keinen Kaffee?", maulte Klaus-Dieter und schielte sehnsüchtig auf die Becher der anderen.

„Nein, du hast schon genug Koffein intus", wies Upmann ihn zurecht, „steuere lieber einen qualifizierten Beitrag in dieser Runde bei."

„Ich habe euch doch schließlich auf die Spur gebracht", schimpfte Klaus-Dieter und zog einen Schmollmund.

„Das war saubere Arbeit", lobte ihn Maja und

lächelte ihm zu. Schlagartig verbesserte sich die Laune von Klaus-Dieter.

Beau stand auf und lief zum Board. Dort sah er auf die Informationen, die er angebracht hatte und redete leise mit sich selbst: „Fassen wir zusammen. Zwei Morde, jeweils in Hotels gehobener Klasse. Der Täter flieht unerkannt. Laut den ballistischen Untersuchungen ergeben sich Hinweise auf die Tatwaffe. Die war in beiden Morden und einem dritten Fall in Brasilien die gleiche. Die Ehemänner der Opfer haben ein hieb- und stichfestes Alibi. Sie befanden sich zum Tatzeitpunkt nachweislich an anderen Orten."

„Mit anderen Frauen möchte ich einmal anmerken", sagte Maja.

„Das tut jetzt nichts zur Sache, wer mit wem oder warum", rief Upmann, „fahr fort, Beau."

„Jetzt haben wir einen Hinweis, dass ein vermeintlich drittes Opfer hier in Lingen im Hotel absteigt. Der Ehemann zur selben Zeit eine Reise mit seiner Sekretärin nach Bali gebucht hat. Klaus-Dieter hat herausgefunden, dass unser Täter mit jedem der drei Männer Kontakt hatte. Das haben Abgleiche mit den IP-Adressen ergeben."

„Daraus schlussfolgere ich, dass unser nächstes Opfer in dem Nobelhotel an der Ems zu finden ist. Das sagt mir nicht nur mein Bauchgefühl", unterbrach ihn Upmann.

„Wenn der Täter seiner Linie treu bleibt, dann wird

die nächste Tat ebenfalls in einem Hotel stattfinden, davon gehe ich auch aus", bestätigte Beau.

„Was machen wir jetzt?", rief Maja und stand auf. Sie lief nervös durchs Zimmer. „Wir können doch nicht einfach abwarten."

„Das werden wir auch nicht", antwortete Upmann und ging zur Tür, „wartet einen Moment, ich bin gleich wieder da."

Er verließ das Büro und eilte mit schnellen Schritten zum Büro von Achim Krause. Dort klopfte er der Form halber an und riss die Tür auf.

„Herein, Bernd, ach, du bist ja schon da", bekam er zu hören.

„Wie gut kennst du den Chef vom Hotel am Wasserfall Achim?", fragte Upmann seinen Freund.

„Wieso", antwortete dieser und sah ihn irritiert an.

„Wir haben den dringenden Verdacht, dass unser nächstes Opfer in seinem Hotel abgestiegen ist. Die Zeit drängt und wir können schlecht mit einem Großaufgebot dort auftauchen. Das würde den Täter verscheuchen", erzählte Upmann ihm.

Achim Krause reagierte sofort. Er sah die Anspannung in Bernds Gesicht und wusste, sein Freund war auf einer Spur. „Den kenne ich gut, was soll ich machen?", fragte er.

Upmann verschränkte die Arme hinter seinem Rücken und tigerte angespannt durch das Zimmer. „Ruf ihn an und reserviere ein Doppelzimmer für uns. Das soll er persönlich übernehmen. Kein Wort zu irgendeinem."

„Das dürfte kein Problem sein, wie geht es dann weiter?", fragte Achim ihn.

„Maja, Beau und ich werden dort einchecken", sagte Upmann, „die Lage vor Ort sondieren und versuchen, Frau von Lohe aus der Schusslinie zu bringen. Klaus-Dieter hackt sich in das System ein und sucht nach Auffälligkeiten. Der Rest wird sich irgendwie ergeben."

„Das hört sich nach einem gut durchdachten Plan an", erwiderte Achim Krause süffisant.

„Da wird etwas passieren, ganz sicher", rief Upmann aufgeregt, „was bleiben uns sonst für Möglichkeiten? Ein Sondereinsatzkommando kannst du schlecht anfordern, das würde auffallen."

„Ich weiß nicht so Recht, wenn das schiefgeht, schicken die uns beide in den Ruhestand", wandte sein Vorgesetzter ein und runzelte die Augenbrauen.

Kapitel 31

Achim Krause suchte sich die Nummer des Hotels heraus und griff dann zum Telefonhörer. „Guten Tag, Krause am Apparat, ich hätte gerne den Chef gesprochen", sagte er und lauschte. „So, er befindet sich in einem Gespräch. Richten Sie ihm bitte aus, er soll mich unbedingt anrufen, es ist wichtig. Krause, Dezernatsleiter Polizei Lingen. Vielen Dank."

Upmann sah ihn fragend an: „Dauert das lange? Wir können doch nicht ewig auf einen Rückruf warten."

„Entspann dich, Bernd", antwortete sein Freund, „ich gehe davon aus, dass mein Telefon gleich klingeln wird. „Die Dame hat mich geblockt, da kann ja jeder kommen und den Chef sprechen wollen. Jetzt weiß er aber, wer ihn angerufen hat", sagte er und wurde unterbrochen. Sein Telefon klingelte und er nahm das Gespräch entgegen.

„Hallo Markus, schön, dass du sofort zurückrufst", sagte er und lehnte sich zurück. „Pass auf, wir haben einen Spezialauftrag. Nein, ich scherze nicht. Das Ding ist streng geheim. Du darfst mit keinem, ich wiederhole, mit niemanden darüber sprechen", sagte er betont deutlich in den Hörer.

Upmann gab seinen Spaziergang durch das Zimmer auf und setzte sich auf die Schreibtischkante.

„Wir benötigen ein Zimmer in deinem Hotel, dort werden drei Beamte ihre Basis einrichten", redete Krause weiter und zeigte Upmann den erhobenen Daumen, „Polizeikommissarin Maja Brand und ihr Kollege werden sich gleich auf den Weg machen und ich möchte, dass du sie in Empfang nimmst und sie auf das Zimmer bringst. Ohne Aufsehen zu erregen."

Wieder lauschte er in den Hörer und grinste dann. „Super gemacht, Markus. Die beiden fahren gleich los. Gib mir noch einmal deine Handynummer, sie rufen dich an, wenn sie vor dem Hotel stehen. Hauptkommissar Upmann wird später hinzustoßen und dir alles erklären. Vielen Dank für deine Mithilfe."

Er legte auf und sagte zu Bernd: „Die Suite ist gebucht. Die beiden werden von ihm direkt dorthin gebracht. Haltet mich unbedingt auf dem Laufenden."

Upmann stand auf und ging zur Tür: „Danke, Achim. Wir passen auf und hoffentlich schnappen wir den Mistkerl." Damit verließ er das Zimmer und kehrte in sein Büro zurück.

„Maja und Beau, für euch ist eine Suite im Hotel am Wasserfall gebucht. Ihr könnt sofort losfahren", sagte Upmann zu ihnen, „ich bringe Klaus-Dieter nach Hause und komme dann nach."

„In Ordnung", sagte Maja und Beau nickte

zustimmend. „Wie sollen wir dort vorgehen?", fragte sie ihren Chef und sah diesen neugierig an.

„Ihr seid ein Liebespaar auf der Durchreise. Schlendert ein wenig durch das Gebäude und verhaltet euch unauffällig", antwortete Bernd ihr. „Das sollte euch ja nicht schwerfallen", fügte er hinzu und grinste.

„Das unauffällige Verhalten?", fragte Beau und sah ihn mit ausdrucksloser Miene an.

„Ja genau das, du Töffel", bekam er von Upmann zur Antwort.

Die vier verließen das Büro. Nachdem Klaus-Dieter eingestiegen war, rief Upmann den beiden nach: „Versucht herauszufinden, welches Zimmer die von Lohe hat, aber nehmt unter keinen Umständen Kontakt zu ihr auf."

„Geht klar, Chef", antwortete Maja und zog Beau zu sich heran. Sie drückte ihm einen langen Kuss auf die Lippen.

„Wofür war das denn?", fragte dieser verwundert.

„Wir üben schon einmal für gleich. Ein Liebespaar wird sich ja schließlich noch küssen dürfen", antwortete diese und lachte.

Upmann, der die Szene aus den Augenwinkeln mitbekommen hatte, schüttelte den Kopf und dachte sich, hoffentlich geht das Ganze gut.

Er startete den Wagen und fuhr los. „Klaus-Dieter, du hackst dich in das Hotelnetz ein. Und suchst nach Auffälligkeiten", sagte er zu seinem Freund und versuchte, sich auf den Verkehr zu konzentrieren.

„Das bekomme ich hin", antwortete der, „doch wonach soll ich suchen?"

Upmann grübelte und sagte: „Ich weiß es ehrlich gesagt nicht. Die Buchungen der, ich sag mal, letzten drei oder vier Wochen. Wenn wir Glück haben, taucht da ein Name auf, den deine Datenbanken nicht haben oder was weiß denn ich."

„Ich liebe diese präzisen Instruktionen", antwortete sein Freund und lachte dabei, „ich werde mal schauen, was dort zu finden ist."

Kurze Zeit später parkte Upmann sein Dienstfahrzeug vor dem Mietshaus. Beim Aussteigen rief er seinem Freund zu: „Ich fahre jetzt ebenfalls in das Hotel. Wenn du etwas rausfinden solltest, ruf mich sofort an."

„Mach ich, Bernd", antwortete der und schlug die Autotür zu.

Upmann fädelte den Wagen in den Verkehr ein. Sein Ziel: Hotel am Wasserfall. Zwanzig Minuten später war er vor Ort. Er sah das Auto von Maja und parkte direkt daneben. Sein Handy lag auf dem Beifahrersitz und er nahm es in die Hand. Schnell hatte er die Nummer von Maja aufgerufen und drückte auf wählen.

„Wo seid ihr?", fragte er, nachdem sie den Anruf angenommen hatte.

„Wir sind am Bootssteg des Hotels und schauen uns die Gegend an. Ich habe mit dem Hotelchef gesprochen. Wir treffen uns in fünf Minuten am Empfang. Melde mich bei dir", antwortete sie ihm.

„In Ordnung", erwiderte Upmann und legte auf. Er würde einen Moment im Wagen warten, dann aussteigen und ein wenig spazieren gehen, während er auf den Anruf von Maja wartete.

Kapitel 32

Hallo Frau Brand und Herr, ähm, wie war der Name?", fragte der Hotelchef die beiden Kriminalbeamten, die er am Empfang begrüßte.

„Inspektor Charles Henry Beaufort II", antwortete dieser dem Hotelier und lächelte dabei. Er freute sich schon auf die Reaktion, die bei der Nennung seines Namens oft auftrat.

„Herr von Beaufort", wurde er begrüßt.

„Ohne von, aber egal", antwortete Beau, „Sie haben eine Suite für mich und meine Verlobte reserviert?", sagte er mit etwas lauterer Stimme, da in diesem Moment ein Gast am Empfang vorbeilief.

„Wenn sie mir bitte folgen würden", antwortete der Hotelchef und lief voran. Er begleitete sie zur Suite und öffnete die Tür. Gemeinsam betraten die drei das Zimmer.

„Was ist hier los?", fragte der Hotelchef sofort, „warum diese Geheimniskrämerei. Droht meinen Gästen Gefahr?"

„Beruhigen Sie sich", antwortete Maja und hob beschwichtigend die Hände, „lassen sie mich kurz ein Telefonat führen." Dabei zog sie ihr Handy heraus und wählte Upmanns Nummer. „Ja, ich bin es, wir sind auf Zimmer 240. Zweiter Stock. Bis gleich." „Das war unser Teamleiter Herr Upmann, er wird gleich hier sein, dann sprechen wir weiter."

Upmann, der vor dem Hotel herumspazierte, steckte das Handy ein und steuerte auf den Eingang zu. Er betrat das Gebäude und ging zielstrebig auf das Treppenhaus zu. So schnell es ging, stieg er die Stufen empor und war im zweiten Stock mächtig außer Atem. ‚Ich sollte dringend wieder mehr Sport treiben‘, dachte er sich und holte tief Luft. Er klopfte an die Tür, es wurde sofort geöffnet.

Der Hotelchef bestürmte ihn mit Fragen: „Was ist hier los? Es wäre schön, wenn mir jetzt jemand darauf eine Antwort geben könnte."

„Das werde ich sofort", antwortete Upmann, nach wie vor schwer atmend. „In Ihrem Hotel soll sehr wahrscheinlich jemand umgebracht werden", sagte er.

Völlig entgeistert sah ihn der Hotelchef an und wich ein Stück von ihm zurück: „Machen Sie Scherze, wo ist die versteckte Kamera?"

„Weder das eine noch das andere trifft zu", antwortete Upmann ungerührt, „es besteht der hinreichende Verdacht, dass hier ein Verbrechen geschehen wird."

„Stimmt es, dass Frau von Lohe zurzeit im Hotel eingecheckt ist?", fragte Maja und sah den Mann an.

„Ja, warum? Ist sie das Opfer?", fragte der Hotelier panisch.

„Jepp, wir gehen davon aus", antwortete Upmann, „beruhigen Sie sich. Dafür sind wir ja jetzt hier und regeln das. Welches Zimmer bewohnt sie?"

„Suite 244, diesen Gang hinunter", bekam er zur Antwort. Der Mann wirkte etwas ruhiger. „Möchten Sie Kontakt mit ihr aufnehmen?", fragte er.

„Wäre das unauffällig möglich?", erwiderte Upmann.

„Ein kurzer Anruf beim Empfang und ich weiß, ob der Zimmerschlüssel abgegeben wurde. Einfacher wäre es, direkt an ihrer Tür zu klopfen", sagte der Hotelchef und zog sein Telefon aus der Hosentasche.

„Wir gehen direkt zur Tür und schauen nach, ob die Frau da ist", entschied Upmann und ging zur Zimmertür. Der Hotelier stand auf und folgte ihm.

Upmann sah sich auf dem Flur um. Niemand war unterwegs. Er wartete auf den Hotelchef und folgte ihm. Vor der besagten Suite blieben die zwei stehen und klopften an die Tür. Sie wurde geöffnet.

„Was möchten Sie?", fragte Frau von Lohe und sah die beiden erstaunt an.

„Herein", antwortete Upmann, legte einen Finger auf die Lippen und zückte mit der anderen Hand seinen Dienstausweis, den er der Frau vor die Augen hielt.

Sie wich entsetzt zurück und holte tief Luft, um zu schreien.

„Bitte nicht schreien, ich kann Ihnen alles erklären", sagte Upmann und drückte die Tür zu. „Ich bin von der Kriminalpolizei und zu Ihrem Schutz hier. Meine Kollegen sitzen einige Zimmer weiter. Wir wollen

Ihnen helfen, also bitte bleiben Sie ruhig und hören mir zu. Einverstanden?"

Frau von Lohe sah den Hotelchef an und dieser nickte.

„Setzen Sie sich doch erst einmal, dann können wir in Ruhe sprechen", sagte der Hotelier und deutete auf den Sitzbereich der Suite.

Die beiden setzen sich an den kleinen Tisch und Upmann blieb vor ihnen stehen.

„Was ist hier los? Warum bin ich in Gefahr? Das ist jetzt kein übler Scherz, oder?", fragte Frau von Lohe und sah zu Upmann hinüber.

Der Kommissar schüttelte den Kopf und antwortete: „Nein, das ist kein Scherz. Was ich Ihnen jetzt mitteilen werde, wird Sie hart treffen. Doch ich versichere Ihnen, dass wir alles tun werden, um es zu verhindern."

„Und was soll das bitte schön sein?", fragte sie und ihre Stimme klang gefasst.

„Ihr Mann hat einen Profikiller beauftragt und will Sie töten lassen", antwortete Upmann ihr und sah ihr dabei fest in die Augen.

Zuerst zeigte Frau von Lohe keine Reaktion, doch dann verzogen sich ihre Mundwinkel und sie fing leise an zu lachen. „Mein Mann hat ja schon viele verrückte Ideen gehabt, aber diese sprengt den Rahmen", kicherte sie und sah die beiden an.

Upmann schüttelte den Kopf und sagte: „Das ist

kein Witz, verdammt. Das ist real. Wo ist denn Ihr Mann? Sollte er nicht hier bei Ihnen sein?"

„Ähm, der musste noch zu einem kurzen Geschäftstrip, wollte aber spätestens morgen Abend wieder zurück sein", antwortete Frau von Lohe und sah ihn verwirrt an. Etwas stimmte hier nicht. Der Beamte vor ihr wirkte zu ernst.

„Der Grund für diese kurzfristig angesetzte Reise ist zwanzig Jahre jünger und arbeitet zurzeit als Sekretärin in der Firma Ihres Mannes. Auf Bali wurde eine Suite in einem Traumhotel gebucht. So möchte ich auch gerne einmal arbeiten", erzählte ihr Upmann.

Frau von Lohe sah ihn an und ihr Lächeln erlosch. Stille zog in das Zimmer ein.

Kapitel 33

Merten reinigte zum letzten Mal seine Waffe und unterbrach seine Arbeit. Er horchte, hatte er Geräusche gehört?

Er legte das Reinigungstuch an die Seite und stand auf. Schnell lief er zur Zimmertür und lauschte. ‚Das habe ich mir doch nicht eingebildet‘, dachte er sich und öffnete die Tür einen Spalt breit.

Auf dem Flur waren keine Gäste unterwegs und alles war still. Er drückte die Tür wieder ins Schloss und kehrte zu dem kleinen Tisch in seiner Suite zurück. Auf dem Weg dorthin warf er einen Blick auf die Zimmeruhr. Es war jetzt genau sechzehn Uhr. Merten freute sich, in acht Stunden würde er seinen letzten Auftrag erfüllen und dann in ein neues Leben reisen.

Er hing seinen Gedanken nach und setzte sich an den Tisch, wo er routiniert seine Waffe zusammensetzte. Eine letzte Funktionsprüfung, alles einwandfrei.

Dann startete er damit, sich seine Ausrüstung für die Nacht zurechtzulegen. Seinen Laptop würde er auf der Flucht in der Ems versenken, das Gerät benötigte er nicht mehr. Den Zahlungseingang vermochte er jederzeit mit seinem Handy zu überprüfen. Sobald das Geld auf dem Konto angekommen war, würde er sein Telefon entsorgen und sich ein neues zulegen.

Zufrieden sah er sich im Zimmer um. Jetzt galt es, die Möbel zu reinigen, die er berührt hatte. Zu diesem Zweck entnahm er dem Erste-Hilfe-Kasten, der hinter der Eingangstür angebracht war, eine Packung Einweghandschuhe. In seinem Koffer befand sich ein kleines Fläschchen Desinfektionsmittel. Damit wanderte er durch die Suite und sprühte die Flächen ein, die er angefasst hatte.

‚Das wäre erledigt‘, dachte er und lächelte, jetzt ein wenig Sport und ein bisschen schlafen.

Er absolvierte sein Sportprogramm und nutzte danach die Dusche, die er im Anschluss direkt desinfizierte. Die Einweghandschuhe würde er auf dem Weg zum Bootssteg in einem Papierkorb entsorgen.

Es war alles vorbereitet, jetzt galt es, auf Mitternacht zu warten.

Kapitel 34

Würden Sie ihrem Mann so etwas zutrauen, Frau von Lohe?", fragte Upmann und sah sie forschend an, während sie überlegte und erstmal nicht antwortete. Er nahm sein Handy und wählte Majas Nummer. Sein Gefühl sagte ihm, dass es besser wäre, wenn seine Kollegin das Gespräch fortführen würde.

„Kommt Ihr beiden rüber?", fragte er und lauschte.

Zwei Minuten später klopfte es an der Tür und er öffnete sofort. Schnell huschten Maja und Beau in das Zimmer. Upmann spähte auf den Flur. Niemand zu sehen.

„Sprich du bitte mit Frau von Lohe", flüsterte er Maja zu, „versuche herauszufinden, ob ihr Mann zu diesem Urlaub etwas gesagt oder geplant hat."

Maja nickte und ging zu der kleinen Sitzecke, wo die Frau saß und weinte.

„Hallo Frau von Lohe, ich heiße Maja Brand und bin zu Ihrem Schutz hier. Darf ich Ihnen ein paar Fragen stellen?", sagte Maja mit leiser Stimme.

Frau von Lohe zog geräuschvoll die Nase hoch und

nickte. Beau, der das mitbekommen hatte, zückte ein Taschentuch, brachte es ihr und kehrte zu Upmann zurück, der immer noch an der Tür stand.

„Wie sollen wir jetzt vorgehen?", fragte Beau mit leiser Stimme.

„Ich weiß es nicht", antwortete Upmann und zuckte mit den Schultern. „Wir warten jetzt die Befragung mit Maja ab. Es könnte sein, dass sie noch Hinweise aus der Frau herauslocken kann."

„Benötigen wir den Hotelchef noch hier?", fragte Beau und sah zu diesem hinüber. Der Mann stand im Sitzbereich der Suite und schien sich spürbar fehl am Platz zu fühlen.

„Um den kümmere ich mich", antwortete Upmann und winkte dem Hotelier zu. Dieser nickte und kam auf sie zu.

„Werde ich hier noch benötigt?", fragte der Mann.

„Sie können uns jetzt nicht weiterhelfen", antwortete Upmann, „gehen Sie zurück an ihren Arbeitsplatz und verhalten Sie sich wie immer. Zu niemandem ein Wort über dieses Zimmer und dass wir hier sind. Der vermeintliche Täter darf nichts Auffälliges bemerken. Das ist extrem wichtig. Haben Sie das verstanden?"

Der Mann nickte und antwortete: „Besteht denn für mein Personal Gefahr, was ist, wenn der Täter durchdreht?"

„Das ist ein Profi", beruhigte ihn Upmann, „wenn der hätte ein Massaker veranstalten wollen, dann wäre das schon geschehen. Der Killer wird sich nicht zu erkennen geben und unauffällig verhalten. Deshalb ist es ja so wichtig, die Normalität beizubehalten. Sonst packt der seinen Krempel und verschwindet."

„In Ordnung, das habe ich verstanden, dann werde ich jetzt wieder an die Arbeit gehen", antwortete der Hotelchef und öffnete die Tür. „Wenn Sie noch etwas benötigen, meine Nummer kennen Sie ja."

„So, das wäre erledigt", sagte Upmann, „jetzt schauen wir uns hier um. Von welcher Seite wird der Täter zuschlagen. Was meinst du?", dabei sah er Beau fragend an.

„Hm, ich denke, er wird sich über den Flur Zutritt verschaffen", folgerte dieser, „auf der Rückseite des Hotels verläuft eine Feuertreppe. Das steht hier im Fluchtplan, der hängt in jedem Zimmer aus. Doch ich kann mir nicht vorstellen, dass er diesen Weg nimmt und durch das Fenster einsteigt. Die Gefahr entdeckt zu werden, ist um ein Vielfaches höher."

Upmann nickte und antwortete: „So sehe ich das ebenfalls. Viele Möglichkeiten, sich hier zu verstecken, gibt es ja nicht."

„Einer ins Bad", sagte Beau und öffnete die Tür zu diesem Raum. „Diese Tür könnte man nur anlehnen, so würde derjenige, der hier auf Posten ist, Geräusche mitbekommen."

Upmann ging ein Stück in die Suite hinein und öffnete die nächste Tür. „Ich würde vorschlagen, dort verschanzt sich jemand. Hier gibt es keinen Bewegungsmelder, der sich automatisch einschaltet, wie auf der Toilette."

„Und wo bleibt die dritte Person?", fragte Beau und sah sich um, „hier im Wohnbereich gibt es keine Möglichkeiten, sich unbemerkt zu verstecken. Der Täter hat einen freien Blick auf diesen Bereich, wenn er durch die Tür hereinkommt."

„Daran habe ich auch schon gedacht", grübelte Upmann und kratzte sich am Hinterkopf, „das gefällt mir nicht."

„Im Fahrstuhl, Chef", rief Beau, „warum bin ich da nicht gleich draufgekommen."

„Wie, im Fahrstuhl?", fragte Upmann und sah in verständnislos an.

„Wir legen den Fahrstuhl lahm und täuschen eine Reparatur vor", erzählte Beau und seine Augen leuchteten dabei. „Das wäre nicht einmal so auffällig, da technische Ausfälle vorkommen."

„Die Idee ist gut", bestätigte Upmann und nickte. „Der Fahrstuhl ist schräg gegenüber von diesem Zimmer. Das heißt, du als Monteur hast alles im Blick."

„Wieso ich?", fragte Beau und sah ihn verwundert an.

„So ein Blaumann sieht an deinem Körper wesentlich besser aus. Bei deiner Traumfigur, das wird ein echter Hingucker. Hoffentlich ist unser Killer nicht weiblich", antwortete Upmann und lächelte.

Beau verdrehte die Augen und sah zu Maja hinüber, die in diesem Moment auf sie zutrat.

Kapitel 35

Hat sie dir noch etwas erzählt?", fragte Upmann seine Kollegin und sah zur Sitzecke hinüber. Dort saß Frau von Lohe mit gesenktem Kopf am Tisch, ihre Schultern zuckten.

„Die ist völlig fertig", antwortete Maja, „wäre ich bestimmt auch, wenn mir einer erzählen würde, dass mein Mann mich ermorden lassen will."

„Das glaube ich sofort", erwiderte Bernd, „das wird sie schwer verarbeiten. Hat sie etwas über ihren Mann oder dessen Pläne gesagt?"

„Nein, nur dass er sie mit dieser Reise überraschen wollte", antwortete Maja, „stell dir mal vor, zum Ehejubiläum. Die sind zehn Jahre verheiratet und nun soll sie gekillt werden."

In diesem Moment stand Frau von Lohe auf und ging zum Fenster. Maja reagierte sofort und rannte zu ihr.

„Frau von Lohe nicht", rief Maja mit lauter Stimme.

Diese zuckte zusammen und drehte sich um. Verwirrt sah sie die Polizistin auf sich zu rennen und sagte: „Ich wollte doch nur das Fenster öffnen. Hier muss dringend frische Luft rein."

„Ach so", stieß Maja erleichtert aus, „ich dachte schon, sie wollten..."

„...springen?", fragte Frau von Lohe und lachte schrill auf, „wenn ich das vorhätte, dann bestimmt nicht aus der zweiten Etage. Die dreißigste wäre besser."

Upmann, der die Szene mit angesehen hatte, grinste Beau an verdrehte die Augen. Beide schauten den Frauen zu, wie diese am Fenster standen und nach draußen sahen. Unverhofft hatte Upmann eine Idee und stieß seinem Kollegen den Arm in die Seite.

„Ey, geht's noch, wofür war das denn?", fragte dieser überrascht.

„Was fällt dir auf, wenn du die beiden siehst?", fragte Bernd ihn.

„Was soll mir auffallen, die stehen vorm Fenster und gucken raus", antwortete Beau ihm.

„Ja, glaub ich es denn? Und so etwas hat auf einer Eliteuniversität studiert", stöhnte Upmann auf, „was siehst du, wenn die beiden nebeneinander stehen?"

Beau sah zu den Frauen und schaltete: „Gleiche Größe, Haarschnitt passt auch, beide tragen sie lang. Unterschied, Farbe Rot bei der einen und Farbe Schwarz bei der anderen. Wunderschöne Figuren."

„Du schweifst ab mein Freund", unterbrach Upmann ihn, „bevor dein Verstand wieder aussetzt, helfe ich dir. Die zwei sind aus der Entfernung leicht zu verwechseln, stimmst du mir zu?"

„Auf jeden Fall", bestätigte Beau ihm, „wenn es dann noch etwas dunkler beleuchtet ist, kann das durchaus passieren. Was überlegst du gerade?"

„Wir bringen Frau von Lohe aus dem Gefahrenbereich heraus", murmelte Upmann leise und überlegte.

„Okay, und wer soll dann hier im Zimmer auf den Killer warten?", antwortete Beau und sah ihn verständnislos an, „du, du meinst doch nicht?"

„Doch, genau das habe ich vor. Maja wird ihr Double sein", erwiderte Upmann.

„Du spinnst, hat dir das letzte Mettbrötchen das Hirn verstopft? Du kannst doch Maja nicht einer solchen Gefahr aussetzen", schimpfte Beau und erhob die Stimme.

„Was ist mit mir?", rief diese vom Fenster aus herüber und drehte sich zu den beiden um.

„Das bügelst du jetzt alleine aus", zischte Beau und sah seinen Chef mit erbostem Blick an.

Maja kam auf die beiden zu. Da war etwas passiert. So wie Beau und Upmann sich ansahen.

„Was ist los, ihr zwei?", fragte sie und stellte sich zwischen die beiden.

„Dein Chef hat einen Vorschlag, der völlig inakzeptabel ist", empörte sich Beau, „das kann ich nicht akzeptieren."

„Kannst du nicht", sagte Maja und sah ihn an, „habe ich das Recht, mir den Vorschlag denn anzuhören oder ist das nicht erlaubt? Alt genug wäre ich, um das selbst entscheiden zu können, was akzeptabel ist oder nicht."

Beau schnaubte auf und marschierte zum Fenster. Er brauchte ebenfalls frische Luft.

„So, Chef, und nun zu uns, was hast du dir überlegt?", fragte Maja und sah ihn an.

„Ihr könntet Mutter und Tochter sein", antwortete er und sah zum Fenster. Dort stand Frau von Lohe und unterhielt sich mit Beau.

„Ich verstehe nur Bahnhof, geht es auch präziser?", fragte Maja nach.

„Du und Frau von Lohe seht euch extrem ähnlich. Körpergröße und Statur, Haarfrisur, man könnte euch verwechseln", antwortete ihr Upmann.

„Ähm, danke, Chef, die Frau ist so um die zwanzig Jahre älter als ich", erwiderte Maja und zog eine Augenbraue hoch.

„So meinte ich das doch nicht, bist du wieder empfindlich", sagte er und schüttelte den Kopf. Frauen, die mussten aber jedes Wort auf die Goldwaage legen.

„Was meintest du dann", sagte Maja und wurde langsam ungeduldig. Dass man ihm immer jedes Wort aus der Nase ziehen musste!

„Du bist ihr Double", bekam sie zur Antwort und Upmann sah ihr direkt in die Augen.

Kapitel 36

Ich bin was?", fragte Maja und sah ihn mit großen Augen an, „auf was für eine Idee bist du denn jetzt gekommen?"

„Eine sehr gute, wie ich finde", erwiderte Upmann, „hör zu. Der Killer wird hier ins Zimmer eindringen. Die Beleuchtung wird gedimmt sein, das heißt, es könnte funktionieren, dass er dich nicht sofort erkennt."

„Das freut mich aber", unterbrach ihn Maja und schüttelte den Kopf.

„Wir können hier nicht mit einem Sondereinsatzkommando auflaufen, das fällt auf", fuhr Upmann ungerührt fort, „wir sind für Frau von Lohe verantwortlich. In irgendeinem Zimmer verstecken ist nur die zweitbeste Lösung, wenn etwas schiefgehen sollte, bekommt der Killer nicht nur uns, sondern auch sie."

„Ich sehe schon, du traust uns allerhand zu", antwortete Maja.

„So meine ich das doch gar nicht. Mensch, denk nach", zischte Upmann ärgerlich. „Wir schaffen Frau von Lohe von hier fort. Setzen dich als Double ein. Du hast eine Waffe, verstehst damit umzugehen und beherrscht Selbstverteidigung. Beau und ich sind ebenfalls bei dir, aber unsere Zielperson ist in Sicherheit."

Maja überlegte. So wirklich behagte ihr der Plan nicht, doch ihr Chef hatte Recht. Das Leben von Frau von Lohe stand im Vordergrund. Je länger sie darüber nachdachte, umso besser gefiel ihr der Vorschlag. Risiken gab es immer, vor allem im Polizeijob.

„Wie sieht dein Plan genau aus, Bernd?", fragte Maja ihn und sah ihm ins Gesicht.

„Ich stelle mir das so vor", hob Upmann an, „die Klamottenwahl überlasse ich dir. Irgendetwas Bequemes, Lockeres, das wird auch eine Frau von Lohe mal tragen. Ideal wäre ein weiter Pullover, da kannst du deine Waffe verschwinden lassen. Einzig deine Haare müsstest du einfärben, dann geht das voll durch."

„Hört sich das einer an, einmal kurz die Haare färben und schon ist man zwanzig Jahre älter", folgerte Maja und lachte ihn an.

„Es herrscht ja Dämmerlicht, das heißt, auf deine Falten müssen wir keine Rücksicht nehmen", erwiderte Upmann und freute sich, dass sie auf seinen Vorschlag eingehen würde.

„Ich trete dir gleich vor dein Schienbein. Falten, so langsam reicht es dann aber auch", erboste sich Maja und knuffte ihn in die Seite.

Beau, der die beiden beobachtet hatte, lief zu ihnen. „Hat sie dir den Marsch geblasen und den Irrsinn abgesagt?", fragte er und grinste hämisch.

„Sie macht es", erwiderte Upmann trocken und zog sein Handy aus der Tasche.

Maja verdrehte die Augen und ging zu Frau von Lohe.

„Hast du ihr eine Beförderung versprochen oder weshalb lässt sie sich auf diese Geschichte ein?", fragte Beau und sah ihn fassungslos an.

„Weder noch", erwiderte Upmann lässig, „ich weiß halt, wie man mit Frauen umgeht."

„Sagt der, den schon zwei Frauen verlassen haben", ätzte Beau wütend.

„Arschloch", antwortete Upmann und wählte die Nummer von Klaus-Dieter. Dieser nahm das Gespräch nach dem ersten Klingeln an.

„Ja, ich bin es, Bernd", sagte Upmann, „hast du etwas gefunden?" Er lauschte in den Hörer und wanderte durch das Zimmer. „Okay, ich habe einen Auftrag für dich. Pass gut auf. Du fährst in den nächsten Friseurladen, heute ist Donnerstag, die haben länger auf. Dort wirst du eine Packung Haarfärbemittel in einem hellen Rot besorgen. Beeil dich damit und komm hier in das Hotel. Die Packung gibst du am Empfang ab und wartest in deinem Wagen auf weitere Anweisungen. Hast du das verstanden?"

Upmann nickte zufrieden und beendete das

Gespräch. Er drehte sich zu den anderen um und rief: „Planbesprechung."

„Frau von Lohe, Sie werden Maja Brand gleich die Haare färben, bekommen Sie das hin?", fragte er diese, „sie wird Ihre Position einnehmen, als Double."

„Was soll ich?", antwortete diese erstaunt, „doch, wenn sie so fragen, ja, das schaffe ich. Double, ich verstehe nicht."

„Gut. Das erkläre ich jetzt", sagte Upmann und sprach weiter: „Klaus-Dieter wird gleich am Empfang etwas ablegen. Ich werde den Hoteldirektor anrufen, dass er das hier abgeben lässt. Beau, du wirst dich nach draußen begeben und um das Hotel herumlaufen. Beobachte die Umgebung. Wenn die Luft rein ist, begleite ich Frau von Lohe durch den Fahrstuhl nach unten und du bringst sie zu Klaus-Dieter."

„Geht klar und dann?", fragte Beau, immer noch leicht angesäuert, „wo wird Frau von Lohe dann hingebracht?"

„Wir haben nicht viel Zeit, um etwas zu suchen", grübelte Upmann, „hier ist mein Schlüssel, er soll Sie zu meiner Wohnung fahren. Für eine Nacht geht das."

„Darf ich auch noch etwas einwenden?", fragte Frau von Lohe und sah die drei fragend an.

„Der Plan steht fest", beschloss Upmann und schüttelte den Kopf zur Antwort, „es ist ja nicht für lange, morgen früh ist das hier beendet."

„Und mein Mann kehrt freudestrahlend aus dem

Urlaub zurück", wandte Frau von Lohe ein und sah den Kommissar an.

„Dafür finden wir dann auch noch eine Lösung", erwiderte dieser und griff erneut zu seinem Telefon. Er wählte die Nummer des Hoteliers und hatte ihn sofort am Apparat: „Halten Sie sich bitte ab sofort in der Nähe des Empfangs auf. Dort wird in Kürze etwas für uns abgegeben", sprach er in den Hörer, „eine Packung Haarfärbemittel. Ja, Sie haben mich verstanden. Bitte lassen Sie es sofort durch den Service in die Suite bringen. Danke."

Er legte auf und sagte: „Jetzt warten wir auf Klaus-Dieter und dann geht es weiter. Frau von Lohe, Sie begeben sich bitte in das Schlafzimmer und wir stehen hier auch nicht mehr am Fenster herum."

Maja folgte der Frau in das Schlafzimmer. Beau und Upmann nahmen sich einen Stuhl und setzten sich in den Flur.

Kapitel 37

„Sagen Sie einmal, ist Ihr Chef immer so?", fragte Frau von Lohe, nachdem Maja die Tür vom Schlafzimmer hinter ihnen verschlossen hatte.

„Er kann sehr bestimmend sein", antwortete Maja und zuckte mit den Schultern, „doch man gewöhnt sich nach einiger Zeit daran. Er ist ein sehr guter Polizist und ich lerne vieles von ihm."

„Verstehe", sagte Frau von Lohe, „was meinte er mit Double, das habe ich nicht verstanden."

„Wir werden Sie aus der Gefahrenzone bringen", erklärte ihr Maja, „ich werde mich für Sie ausgeben. Damit so wenig Leute wie möglich in diese Sache verwickelt werden, sollen sie die Nacht in der Wohnung von Herrn Upmann verbringen."

„Sie sollen für mich den Kopf hinhalten?", empörte sich Frau von Lohe, „das kann ich nicht zulassen. Sie sind doch noch viel zu jung."

„Oh, mir wurde bescheinigt, dass ich durchaus für älter durchgehen kann", erwiderte Maja und lächelte.

Verständnislos sah Frau von Lohe sie an und schüttelte dann den Kopf.

„Es wird alles wieder in Ordnung kommen. Regen Sie sich nicht auf. Die beiden Herren da draußen passen schon auf mich auf", erklärte Maja.

Die beiden unterhielten sich noch eine Weile und die Zeit verging.

In der Zwischenzeit hastete Klaus-Dieter durch die Innenstadt von Lingen und war auf dem Weg zur Einkaufspassage. Dort gab es im Eingangsbereich einen Friseur. Das Geschäft hatte noch geöffnet und er betrat es zügig.

„Einen schönen guten Abend", wünschte er der Dame, die hinter der Kasse stand und dabei war Geld zu zählen. Er keuchte ein wenig, da er außer Atem war.

„Wir schließen gleich. Ich habe einen Termin und muss leider pünktlich Feierabend machen", sagte sie und sah Klaus-Dieter fragend an.

„Ich brauche Färbemittel", antwortete er.

„Davon gibt es ziemlich viele, was darf es denn genau sein?", fragte die Verkäuferin und lächelte ihn an.

„Ähm, in Rot benötige ich etwas", bekam sie zur Antwort.

‚Wie ist der Typ denn drauf?', dachte sich die Verkäuferin und seufzte. „Wir haben Kupferrot, Kirschrot, Kastanienrot, Rotblond oder Metallic-Rot und noch einige andere."

„Metallic-Rot als Haarfärbemittel, echt jetzt?", fragte

Klaus-Dieter erstaunt, „ich dachte, das gibt es nur für Autos."

„Welche Farbe hat denn Ihre Freundin oder Frau jetzt?", fragte die Verkäuferin sichtlich genervt.

„Rot, also schwarz ist sie jetzt und meine Freundin ist es nicht", stotterte Klaus-Dieter, dem der Schweiß ausbrach, „geben Sie mir die Farbe da, wie auf dem Bild da vorne." Dabei zeigte er auf eine lächelnde Frau, die ihr Haar mit beiden Händen hochhielt.

„Das ist kastanienrot und wird auch am meisten verkauft. Eine gute Wahl, das macht dann achtzehn Euro bitte."

Klaus-Dieter schluckte und zückte seine Brieftasche. Er nahm einen Zwanzig-Euro-Schein und reichte ihn der Verkäuferin. „Stimmt so, vielen Dank. Haben Sie eine Tüte für mich?", fragte er.

Sie nickte und steckte die kleine Verpackung in eine Papiertüte und reichte sie Klaus-Dieter. Er bedankte sich und verließ eilig den Laden. Dort würde er sich niemals die Haare schneiden lassen. War das ein peinlicher Auftritt von ihm gewesen!

Er rannte zum Auto, stieg ein und gab Gas. ‚Hoffentlich werde ich nicht geblitzt', dachte er sich. Zwanzig Minuten später rollte er langsam mit seinem Wagen auf den Hotelparkplatz. Die Dämmerung setzte ein und es waren nur vereinzelt Personen unterwegs. Parkplätze waren genug frei und er suchte einen aus, der etwas vom Eingang des Hotels entfernt lag. Er stellte den Wagen aus, nahm sein Handy und wählte die Nummer von Upmann.

„Ich stehe vor dem Hotel. Bringe das Zeug jetzt zum Empfang", sagte er, nachdem Bernd abgehoben hatte.

„In Ordnung, Klaus-Dieter. Warte dann bitte im Fahrzeug", antwortete Upmann ihm und beendete das Gespräch.

Er legte das Handy zur Seite und sagte leise zu sich selbst: „Ja, Chef, ich warte. Das mache ich doch gerne, habe ja nichts anderes zu tun. Das setze ich dir alles auf die Rechnung, ätsch."

Er stieg aus dem Wagen und ging zum Hotel. Die Eingangshalle war leer, bis auf den Empfang. Dort stand ein älterer Herr am Tresen und sah ihm entgegen.

„Das soll ich hier abgeben", sagte Klaus-Dieter und legte die Papiertüte auf den Tresen.

„Vielen Dank, ich weiß Bescheid", antwortete der Hotelchef und nahm die Tüte an sich. Er grüßte kurz und ging damit zum Aufzug.

Klaus-Dieter drehte sich um und verließ das Gebäude. Langsam kehrte er zum Wagen zurück.

Kurze Zeit später klopfte der Hotelchef an die Zimmertür von Frau von Lohe.

Upmann öffnete die Tür einen Spalt breit und spähte hindurch. Beau stand mit gezogener Pistole hinter ihm in Bereitschaft.

„Danke", flüsterte Upmann, nahm die Tüte entgegen und schloss die Tür wieder.

Er trat vor das Schlafzimmer und rief vor der Tür: „Wir haben das Zeug, ihr könntet loslegen."

Maja und Frau von Lohe kamen heraus, nahmen die Packung entgegen gingen direkt ins Badezimmer und schlossen die Tür.

„Dann machen Sie sich mal frei oben herum", flachste Frau von Lohe, das Ganze begann ihr zu gefallen.

Kapitel 38

Eine halbe Stunde später kamen Maja und Frau von Lohe aus dem Badezimmer heraus.

„Wow", entfuhr es Beau und er sah seine Freundin erstaunt an. Die Haare leuchteten kastanienrot. Etwas dunkler im Farbton wie bei Frau von Lohe, doch das fiel kaum auf.

„Stellt euch bitte einmal nebeneinander auf", sagte Upmann zu den beiden Frauen.

Sie erfüllten ihm die Bitte, drehten sich gemeinsam im Uhrzeigersinn herum und sahen ihn an.

„Ihr seht euch zum Verwechseln ähnlich", sagte er, „genau so habe ich mir das vorgestellt.

„Wie geht es jetzt weiter?", fragte Maja.

„Beau, du gehst in die Empfangshalle und sondierst die Lage dort und schaust dich auch vor dem Hotel um", sagte Upmann zu seinem Kollegen.

„In Ordnung", antwortete er, „ich melde mich über das Handy." Mit diesen Worten verließ er das Zimmer.

„Frau von Lohe", sagte Upmann und wandte sich ihr

zu, „Sie packen bitte eine Tasche mit den nötigsten Sachen für eine Nacht. Sobald die Lage es zulässt, werde ich sie hier rausbringen."

Sie nickte und ging ins Schlafzimmer. Maja folgte ihr. Fünf Minuten später stand ein gepackter Koffer im Flur. Die beiden Frauen saßen auf der Bettkante und unterhielten sich leise.

In der Zwischenzeit hatte Beau die Empfangshalle des Hotels erkundet. Außer dem Mitarbeiter an der Rezeption hielt sich zu diesem Zeitpunkt kein weiterer Gast in der Halle auf. Er verließ das Gebäude und schlenderte vor der Tür herum. Sorgfältig sah er in jede Richtung. Auf dem Parkplatz erkannte er den Wagen von Klaus-Dieter, der anscheinend mit dem Handy beschäftigt war und ihn nicht bemerkte.

Er zog sein Telefon aus der Tasche und wählte die Nummer von Upmann. Dieser hob sofort ab. „Chef, hier ist alles in Ordnung. Keine Personen vor dem Hotel unterwegs und in der Halle war niemand. Ich gehe jetzt zum Fahrstuhl zurück und warte auf euch."

In der Suite beendete Upmann das Gespräch und wählte im Anschluss die Nummer von Klaus-Dieter. „Wir kommen jetzt runter. Starte den Wagen", sagte er und legte auf.

Dann ging er zum Schlafzimmer, klopfte und öffnete die Tür. „Es geht los, kommen sie bitte."

Frau von Lohe erhob sich vom Bett und umarmte Maja, die vor ihr stand: „Bitte passen Sie auf sich auf. Ich möchte nicht, dass Ihnen etwas zustößt."

„Wir passen auf, versprochen", antwortete Maja und war gerührt. Diese Frau musste um ihr eigenes Leben fürchten und sorgte sich um fremde Menschen.

Upmann hatte den Koffer in der linken Hand und wartete. Maja öffnete die Zimmertür und er trat auf den Flur hinaus. Dort sah er sich um und lief zum Fahrstuhl. Der war nach wenigen Sekunden bereit. Er stellte einen Fuß vor die Tür und winkte Maja zu, die im Türrahmen der Suite stand und ihn beobachtete.

„Es geht los, laufen Sie zum Fahrstuhl", flüsterte Maja in der Suite. Frau von Lohe lief los. Mit schnellen Schritten rannte sie zum wartenden Upmann. Kaum war sie im Fahrstuhl, drückte er schon die Knöpfe für das Erdgeschoss.

Nach einer kurzen Fahrt öffneten sich die Türen und Beau erwartete sie. Er und Upmann nahmen Frau von Lohe in die Mitte und durchquerten die Empfangshalle. Die Dame an der Rezeption sah erstaunt auf, sagte aber nichts.

Vor dem Gebäude übernahm Beau die Führung, da er wusste, wo Klaus-Dieter seinen Wagen geparkt hatte. Upmann öffnete die Beifahrertür und Frau von Lohe stieg ein.

„Klaus-Dieter, du fährst auf direktem Wege zu meiner Wohnung und bringst sie persönlich hinein, verstanden?", sagte er zu seinem Freund.

„Geht klar, Bernd, kannst dich auf mich verlassen", erwiderte Klaus-Dieter.

„Frau von Lohe, Sie werden unter keinen Umständen

mit irgendjemandem Kontakt aufnehmen. Für den Notfall haben Sie meine Telefonnummer, aber bitte sonst keine Anrufe oder ähnliches. Ihr Leben hängt davon ab", sprach er bestimmend auf sie ein.

„Versprochen", wisperte Frau von Lohe mit leiser Stimme, „passen Sie auf sich und Ihre Kollegen auf."

„Das werden wir", antwortete Upmann, schloss die Tür und klopfte zum Abschied aufs Dach. Klaus-Dieter gab Gas und fuhr davon.

„Wir gehen wieder zurück. Bin gespannt, wann der Tanz losgeht", sagte Upmann zu Beau und lief mit energischen Schritten voran.

Die beiden standen nach wenigen Minuten vor der Suite und klopften an die Tür. Maja öffnete diese einen Spalt breit und spähte hindurch. Nachdem sie Upmann erkannt hatte, zog sie diese auf.

„Jetzt heißt es warten", sagte Upmann und nahm sein Handy zur Hand. Er wählte die Telefonnummer des Hotelchefs und schimpfte kurze Zeit später. „Mailbox, das ist doch nicht zu glauben!"

Sein Handy klingelte und er unterbrach seine Schimpftirade. „Sehr gut, dass Sie sofort zurückrufen. Ich schicke Ihnen jetzt meinen Mitarbeiter Herrn Beaufort. Er benötigt eine Werkzeugkiste und einen Arbeitsanzug oder Kittel. Haben Sie so etwas in ihrem Hause?"

Ein Lächeln huschte über sein Gesicht und er nickte: „Das reicht vollkommen. Er ist auf dem Weg", antwortete er und legte auf.

„Du kannst dich auf den Weg machen", sagte er zu Beau, „der Hotelier nimmt dich an der Rezeption in Empfang und kleidet dich neu ein. Er sagte, der Hausmeister des Hotels hat ungefähr die gleiche Größe wie du, aber ein paar Kilo mehr auf den Rippen."

Kapitel 39

H err Beaufort, folgen Sie mir doch bitte", sagte der Hoteldirektor, als Beau vor ihm am Empfangstresen stand. Die beiden durchquerten einige Büroräume und bogen dann in einen Flur ab.

„Der Hausmeister hat im Kellergeschoss sein Reich", erzählte der Hotelier auf ihrem Weg dorthin. „Dort liegen die Versorgungsräume des Hotels, das bietet sich daher an. Kurze Wege zum Arbeitsplatz, wenn Sie verstehen, was ich meine."

„Aha", erwiderte Beau und grinste. Der Mann vor ihm redete wie ein Wasserfall. Seine Nervosität war fast greifbar.

„Hier sind wir schon", sagte der Hotelier und zückte einen Schlüsselbund. Nach einigen Fehlversuchen hatte er den richtigen Schlüssel gefunden und schloss die Tür auf. Die beiden traten ein. Der Raum war klein und funktionell ausgestattet. Selbst eine Kochnische war vorhanden, wie Beau feststellte.

Der Hotelier blieb vor einem Regalsystem stehen. Hier wurde die Arbeitskleidung aufbewahrt, Hemden, Hosen und Jacken, Handtücher und diverse andere

Gegenstände. Jedes Teil ordentlich gefaltet. Die Schmutzwäsche wurde in einer Tonne gelagert, die neben dem Regal auf dem Boden stand.

„Nehmen Sie sich, was benötigt wird. Das legen wir dann später wieder zurück", sagte der Hotelchef und zeigte mit einer Hand auf das Regal.

Beau nickte, griff nach einer Hose und faltete sie auseinander. Fragend sah er sein Gegenüber an. „Einige Kilo mehr, haben sie zu meinem Chef gesagt", sagte Beau.

„Ja, ähm, etwas anderes habe ich leider nicht", stotterte der Hotelchef und sah sich hektisch im Raum um.

Beau griff nach einem Mantel, der am Kleiderhaken hing und zog diesen über. Das Kleidungsstück war entschieden zu groß. Er zog ihn aus und hängte es wieder auf. In diesem Moment öffnete sich die Tür und der Hausmeister trat ein.

Erstaunt sah er zu seinem Chef und Beau und rief: „Was machen Sie denn hier?"

„Alles in Ordnung, Willi, wir sind auf der Suche nach brauchbarer Arbeitskleidung für diesen Mann hier", antwortete der Hotelier.

„Und das in meinem Büro, außerdem bin ich doch viel zu klein und dick, Mensch Chef, das hätten Sie doch wissen müssen. Wie lange kennen wir uns schon!", rief der Hausmeister und trat zu ihnen.

Er musterte Beau von oben bis unten und grinste. „Meine Klamotten werden nicht passen, aber ich habe eine Idee", sagte er und sein Lächeln breitete sich über das ganze Gesicht aus.

„Du hast Recht, Willi, ich hätte es wissen müssen. Was schwebt dir denn so vor?"

Der Hausmeister zeigte mit einer Hand auf die Tonne mit der Schmutzwäsche.

„Da drinnen liegt etwas, das passt. Da bin ich mir sicher. Die Klamotten gehören Helmut, der hat die gleiche Körperstatur wie dieser Herr hier."

Ein ungutes Gefühl breitete sich in Beaus Magen aus. Irgendetwas führte dieser Willi im Schilde, so wie er aussah.

Der Hausmeister lief zur Schmutztonne und hob den Deckel herunter. Im gleichen Moment breitete sich eine Duftwolke aus, die ihnen den Atem raubte.

„Igitt, was ist das denn?", rief der Hotelier und sprang angeekelt zur Seite.

„Ach, das ist ein bisschen Hotelkanalisation. Wir hatten doch den Rohrbruch am Dienstag, erinnern Sie sich. Da haben Helmut und ich die ganze Nacht geschuftet, um das zu reparieren. Er hat sich dann hier geduscht und seine Sachen in die Tonne gepackt. Ihr habt noch Glück, morgen früh werden die immer getauscht", erzählte der Hausmeister und hielt nach einigem Suchen einen blauen Overall in die Höhe.

„Ich setz einen Zehner, dass dieses Teil passt", rief er triumphierend aus.

„Niemals", erwiderte Beau und wich zurück.

Sein Telefon klingelte. Sein Chef rief ihn an. Er

nahm das Gespräch entgegen. „Hier gibt es ein kleines Problem mit der Wäsche. Die haben hier nur schmutzige Wäsche, die passt, das geht doch", hier stockte sein Redefluss, da Upmanns energische Stimme zu hören war. „Ist ja schon gut, bin gleich da", sagte Beau und drückte das Gespräch weg.

„Geben Sie mir das Teil", sagte er zornig und griff nach dem Overall. Angeekelt stieg er in den Anzug und zog den Reißverschluss bis zum Hals nach oben. Das Teil passte wie angegossen, stank aber wie die Hölle.

Der Direktor und der Hausmeister lächelten ihn an.

„Wenn ihr beiden nicht sofort das Lachen abstellt, werde ich dem Killer erzählen, wo eure Büros sind", meckerte er.

Sofort hatten die beiden sich wieder im Griff. Der Hausmeister sah seinen Chef fragend an. „Ich erkläre dir alles später, Willi", sagte der zu ihm.

„Jetzt noch eine Werkzeugkiste und eine Leiter, wenn ich bitten darf", sagte Beau und versuchte, nicht zu würgen. Das war ja ekelhaft.

Willi, der Hausmeister, lief zu einem Schrank und nahm eine Kombikiste heraus.

„Die Leiter ist im Nebenraum, ich hole sie", rief er und verließ das Zimmer.

Beau griff sich die Kiste und sagte zum Hotelier: „Wir müssten auch gehen, es wird Zeit."

Dieser nickte und folgte Beau in einigem Abstand. Die Duftwolke, die von ihm ausströmte, war der Wahnsinn.

Kapitel 40

Mit der Werkzeugkiste in der einen Hand und der Trittleiter in der anderen, lief Beau durch das Hotel. Da es schon Abend war, begegnete er auf dem Weg zum Aufzug nur vereinzelt Gästen. Und die wenigen, auf die er traf, wichen ihm aus. Einige rümpften die Nase und andere schüttelten den Kopf. Eine so verdreckte Person hatten sie in einem Hotel wie diesem nicht erwartet.

Beau war die Situation extrem peinlich. ‚Hoffentlich nimmt mein Anzug keinen Schaden und der Geruch geht da wieder raus‘, dachte er sich, und stand endlich vor dem Aufzug. Er drückte auf den Knopf der Etage und die Tür schloss sich. Kurze Zeit später war er angekommen und trat auf den Flur hinaus. Dort war niemand unterwegs.

Er klappte die Leiter auf und platzierte sie im Aufzug. Die Werkzeugkiste stellte er vor die Tür, damit diese sich nicht schloss. Er nahm sein Handy zur Hand und tippte eine Nachricht für Upmann. Jetzt hieß es warten.

In der Suite summte das Handy von Upmann.

Dieser nahm es zur Hand, las die Nachricht und sagte zu Maja, die auf der Couch saß: „Beau ist im Aufzug. Wir haben jetzt zehn Uhr. Ich gehe ins Schlafzimmer und lehne die Tür an. Hast du deine Waffe griffbereit?"

Maja nickte und antwortete: „Liegt hier neben mir am Platz. Ich werde den Fernseher anstellen, auf lautlos, um mich ein wenig abzulenken. Die Tür habe ich aber im Blick."

„Es wird alles gut gehen", versuchte Upmann, sie zu beruhigen, „sobald der hier reinkommt, schnappe ich mir den von hinten."

Er lief zum Bett und setzte sich auf die Kante. Diese Rolle gefiel ihm gar nicht. Lieber wäre er an der Seite von Maja. Da sie aber nicht wussten, ob der Killer das Zimmer beobachtete, war es sinnvoller, sich im Hintergrund aufzuhalten.

Zu diesem Zeitpunkt parkte Klaus-Dieter sein Fahrzeug vor dem Mietshaus, in dem Upmann seine Wohnung hatte. „So, da wären wir", sagte er zu Frau von Lohe.

Sie sah aus dem Autofenster und lächelte. Vor langer Zeit hatte sie ebenfalls in so einem Haus gelebt. Die beiden stiegen aus. Klaus-Dieter nahm den Koffer von der Rücksitzbank und ging voran. Eine Gardine bewegte sich an einem Fenster im Erdgeschoss, doch das bekamen die zwei nicht mit.

Er öffnete die Haustür mit dem Schlüssel und hielt ihr die Tür auf. „Bitte einzutreten, Madam", scherzte er.

„Vielen Dank, James, die Koffer bitte in meine Suite bringen", säuselte Frau von Lohe und lachte.

„Wir müssen in den zweiten Stock", sagte Klaus-Dieter und stieg die Treppe hoch. Sie passierten die erste Wohnungstür, da rief eine Stimme in ihrem Rücken: „Herr Upmann ist nicht zu Hause."

Klaus-Dieter drehte sich um und antwortete: „Hallo, Frau Meyer, nehme ich an?"

„Woher wissen Sie das und wer sind sie überhaupt?", fragte diese und warf den beiden einen misstrauischen Blick zu.

„Bernd hat mir viel von Ihnen erzählt", erwiderte Klaus-Dieter, „ich bin ein guter Freund von ihm und sie", damit zeigte er auf Frau von Lohe, „ist sein Überraschungsgast. Er weiß nicht, dass sie ihn besuchen kommt. Eine entfernte Verwandte. Bitte nichts verraten."

Frau Meyer stemmte ihre Hände in die Hüften und sah die beiden mit prüfendem Blick an. „Von mir wird niemand etwas erfahren, ich kann schweigen wie ein Grab."

Ein grunzendes Geräusch kam von Klaus-Dieter, der sich ein Lachen verkniff. Er stieg die Treppe weiter hoch. Frau von Lohe folgte ihm und nickte Frau Meyer im Vorbeilaufen freundlich zu.

Das ist doch mit Sicherheit so eine käufliche, dachte sie sich und schloss ihre Tür.

Im zweiten Stock angekommen, öffnete Klaus-Dieter die Wohnungstür auf und trat ein. Mit dem

Fuß schob er ein paar Schuhe an die Seite, die mitten im Flur auf dem Boden lagen. Frau von Lohe folgte ihm und drückte die Tür ins Schloss.

„Das wäre Ihre Unterkunft für diese Nacht", sagte Klaus-Dieter, „das Bad ist dort und das Schlafzimmer da hinten. Wäsche müssten sie sich suchen, ich weiß nicht, wo sie liegt."

„Das bekomme ich hin, vielen Dank", antwortete sie freundlich.

„Im Kühlschrank gibt es auch noch etwas zu finden, also verhungern werden Sie nicht", rief Klaus-Dieter aus der Küche, dort hatte er nachgesehen. „Sie haben ja die Telefonnummer von Bernd, ähm Herrn Upmann. Ich müsste jetzt wieder los", sagte er.

„Fahren Sie ruhig, ich komme klar", erwiderte Frau von Lohe und öffnete ihm die Haustür.

Dieser nickte ihr einmal zu und verließ die Wohnung.

Sie ging in die Küche und sah zum Fenster raus. Es war schon dunkel und die Straßenlaternen warfen ihr Licht vereinzelt auf die Straße. Dann sah sie sich um. Auf der Spüle stand Geschirr, sauber und verschmutzt, beide in einer Abtropfschale.

Sie wanderte zum Wohnzimmer. Dort stapelten sich Fernsehzeitschriften auf dem Tisch, zwei leere Bierdosen standen an der Couch. Auf dieser lagen verknüllte Decken. Im Schlafzimmer sah es nicht besser aus. Überall waren Kleidungsstücke auf dem Boden verteilt.

‚Die Bettwäsche müsste gewechselt werden', dachte sie sich, nachdem sie einen prüfenden Blick darauf geworfen hatte. Sie seufzte, dann habe ich wenigstens etwas zu tun. Sie zog ihre Schuhe und die Jacke aus und warf diese auf die Couch.

„Erst in die Küche und dann ins Schlafzimmer", sagte sie leise zu sich selbst und musste lachen. ‚Wann habe ich zuletzt im Haushalt mit angepackt?', dachte sie sich.

Vor zehn Jahren hatte sie ihren Mann kennengelernt. Auf einer Party in einem Privatclub. Eine Freundin hatte sie überreden müssen, sie dorthin zu begleiten. Mirko von Lohe hatte den Club gemietet und ein riesiges Event geschmissen. Er hatte sie zu einem Cocktail eingeladen und drei Stunden hatten sie sich die Seele aus dem Leib gevögelt. Auf dem Schreibtisch des Clubchefs, daran erinnerte sie sich genau.

Seit dieser Zeit waren sie ein Paar und wenige Wochen später hatte Mirko um ihre Hand angehalten. Traumhochzeit auf Bali, ausgerechnet dort trieb er es jetzt mit seiner neuen Sekretärin. ‚Dieses Arschloch', dachte sie und ließ heißes Wasser ins Spülbecken laufen.

Kapitel 41

Merten schlug die Augen auf. Er lag auf dem Rücken in seinem Bett und war soeben aufgewacht. Ein Blick auf die Armbanduhr zeigte ihm, es war kurz vor Mitternacht. Zeit, um aufzustehen. Er erhob sich und lief zur kleinen Sitzecke im Zimmer. Über einen Stuhl hatte er seine Sachen gelegt und diese zog er jetzt an.

Nachdem er seine Schuhe gebunden hatte, legte er sich das Schulterhalfter an und überprüfte ein letztes Mal seine Waffe. Am Hosengürtel befestigte er Werkzeug und eine Taschenlampe. Die leichte, schwarze Jacke bildete den Abschluss seiner Ausrüstung.

Langsam wanderte er ein letztes Mal durch die Suite und suchte nach Spuren, die er hinterlassen haben könnte. Er fand keine und lächelte zufrieden. Er packte seinen Koffer und ging zur Tür. Er zog sie auf und spähte auf den Flur. Dort war nichts zu sehen. Doch dann stutzte er, die Fahrstuhltür stand auf, jemand hielt sich dort auf, ein leises Pfeifen war zu hören.

‚In Ordnung, bleib ruhig und schau erst einmal nach', dachte er sich und verließ das Zimmer. Mit geräuschlosen Schritten näherte er sich dem Fahrstuhl. Es schien sich um einen technischen Defekt zu handeln. Werkzeug lag auf dem Boden herum und eine Leiter war dort aufgebaut. Auf dieser stand ein Mann und war beschäftigt.

Entschlossen lief er an der geöffneten Tür vorbei und hatte Glück. Der Monteur bemerkte ihn nicht, da er in diesem Moment mit dem Kopf aus der Fahrstuhlkabine verschwunden war. Eine Deckenplatte hing in den Innenraum herunter. Ein widerwärtiger Geruch drang aus dem Fahrstuhl. Schnell rannte er die wenigen Meter bis zum Notausgang und öffnete die Tür. Nachdem er diese zugedrückt hatte, schlich er ein paar Meter weiter zur Feuertreppe und hielt dort inne.

Er atmete ein paarmal tief ein und aus. Das war knapp gewesen. Ungern hätte er eine weitere Person ausgeschaltet. Das waren Momente in seinem Leben, die er hasste. Die sorgfältigste Planung konnte durch so etwas über den Haufen geworfen werden.

Er schlich die Feuertreppe entlang und passierte zwei Suiten. Die eine war dunkel, die Nächste erleuchtet. Dort ließ er sich auf die Knie herunter und krabbelte vorbei. In regelmäßigen Abständen hielt er inne und lauschte auf verdächtige Geräusche. Draußen war niemand unterwegs.

Endlich war er an seinem Ziel angelangt und spähte

vorsichtig in das Zimmer. Der Fernseher lief und eine Person lag auf der kleinen Couch. Man konnte die Füße sehen. Behutsam löste er seine Werkzeugtasche und legte sie vor sich auf den Gitterrost. Der Lichtaustritt aus dem Zimmer reichte ihm vollkommen, um alles zu finden, was er benötigte.

Er nahm eine kleine, rasiermesserscharfe Klinge zur Hand und zerschnitt das Klebeband, die das Stück Glas in der Fensterscheibe hielt. Mit dem letzten Streifen zog er den runden Glasausschnitt mit heraus. Diesen legte er neben sich auf den Boden. Danach zog er einen mit Gummi umwickelten Draht raus, dieser war aufgewickelt und er benötigte einen Moment, um ihn in die richtige Form zu bringen. Vorsichtig führte er diesen durch das Loch und schob ihn nach oben. Er näherte sich dem Fenstergriff. Die vorgefertigte Schlaufe am Kopfende führte er über den Griff und übte dann Druck aus. So konnte er das Fenster ohne Probleme öffnen.

Er verharrte einen Moment und wartete. Die Person in der Suite schien zu schlafen, da sie sich nicht bewegte. Er erhob sich und kletterte in das Zimmer. Lautlos näherte er sich der Couch und öffnete den Reißverschluss seiner Jacke. Mit einer eleganten Bewegung zog er seine Waffe und stellte sich vor die Person, die dort lag.

Maja Brand starrte seit Stunden auf den Fernseher und merkte, wie sie müde wurde. ‚Das darf doch nicht wahr sein!‘, dachte sie sich, ich warte hier auf einen Killer und denke ans Schlafen. Am Ende siegte die Erschöpfung. Sie hatte sich hingelegt, da ihr der Nacken weh tat und sie sich so besser entspannen konnte. Dann war sie eingeschlafen.

Jetzt erwachte sie, weil sie das Gefühl hatte, beobachtet zu werden. Sie öffnete die Augen und wollte schreien, wurde aber sofort unterbrochen.

„Ruhig, Frau von Lohe, wir möchten doch keine Aufmerksamkeit erregen", sagte Merten mit leiser Stimme zu ihr und lächelte. Er zielte mit seiner Waffe auf sie. Etwas irritierte ihn, er wusste nur nicht, was es war.

„Wer sind Sie und was wollen Sie von mir?", rief Maja mit fester Stimme. Wo blieb Bernd denn, hörte der das nicht?

„Ich soll Ihnen schöne Grüße von Ihrem Mann ausrichten. Der befindet sich zurzeit auf Bali mit ihrer Nachfolgerin", erwiderte Merten und beobachtete die Frau vor ihm. Diese war seltsam gefasst und strahlte keine Angst aus. Er rief sich das Bild vor Augen, dass ihm sein Auftraggeber geschickt hatte. Diese Frau, etwas stimmte nicht.

„Mein Mann ist morgen wieder in Lingen, wie kommen Sie auf so einen Quatsch und weshalb bedrohen Sie mich mit einer Waffe?", sagte Maja und stand vorsichtig auf.

Merten wich einen Schritt zurück. Jetzt hatte er den Unterschied entdeckt. Das war nicht Frau von Lohe, diese hier war jünger als sein vermeintliches Opfer.

„Wer sind Sie?", herrschte er Maja mit schroffer Stimme an. Das lief gar nicht nach Plan.

„Mein Name ist Maja Brand und ich bin von der Polizei. Legen Sie die Waffe weg", bekam er zur Antwort.

Merten lachte. „Du Spinnerin, von den Bullen, der ist gut. Bist du die Zugehfrau, wo ist Frau von Lohe?"

„Meine Kollegin hat Recht, sie ist von der Polizei und ich ebenfalls. Waffe weg", brüllte Upmann, der mit gezogener Dienstwaffe hinter Merten stand. Endlich!

Merten erstarrte und drehte sich in Zeitlupe zu Upmann herum. Beide Männer zielten mit ihren Pistolen aufeinander. Merten lächelte, jetzt war es an der Zeit, Fakten zu schaffen. Er wurde fürs Töten bezahlt und hatte kein Problem damit. Sein Gegenüber schon. Er drückte ab. Die Kugel traf Upmann in der Schulter und warf ihn in den Flur zurück. Blut spritzte aus der Wunde und beschmutzte die weiße Wand.

Maja war schockiert. Sie sah ihren Chef verletzt zu Boden gehen und der Killer drehte sich zu ihr um. Mit einem Aufschrei stürmte sie auf ihn zu. Es gelang ihr, den Schussarm des Killers zu packen und herunterzudrücken. Ein verzweifelter Kampf entbrannte.

„Beau, Hilfe, Beau wo bist du?", schrie sie aus Leibeskräften.

Kapitel 42

Beau saß auf der Werkzeugkiste und sah auf sein Handy, da vernahm er Schreie aus der Suite. Er sprang auf, lief in den Flur und hörte Majas Stimme. Das Telefon glitt ihm aus der Hand und er sprintete zur Zimmertür. Da drinnen lieferte sich seine Freundin einen Kampf mit dem Killer.

Mit voller Wucht rammte er mit seiner Schulter gegen die Tür. Diese gab nur wenig nach und er brüllte vor Wut und Schmerz auf. Erneut schrie Maja und dieses Mal klang sie verzweifelt.

Merten rang mit der Polizistin. Die hatte erstaunlich Kraft für ihre zierliche Figur und wehrte sich heftig. Auf einmal vernahm er Schreie vor der Hoteltür und war einen kurzen Moment abgelenkt. Das bemerkte Maja und in ihrer Verzweiflung ließ sie seine Schusshand los und versetzte ihm eine Rechts- Links- Kombination in den Magen.

Merten krümmte sich zusammen und ließ die Waffe fallen. Maja griff erneut an und zielte auf seinen Kopf. Diesen Hieb wehrte er gekonnt ab und drosch ihr mit seiner Handkante an den Schädel. Sie taumelte zurück und er setzte nach. Mit seiner Rechten täuschte einen Schlag an, sie reagierte und öffnete ihre Deckung. Darauf hatte er gewartet. Mit Links verpasste er ihr einen Faustschlag ins Gesicht und fegte ihr Standbein mit seinem rechten Fuß zur Seite. Maja stürzte benommen zu Boden. Im Fallen schaffte sie es, der Waffe einen Stoß zu geben. Diese rutschte unter die Couch.

Erneut gab es einen Schlag gegen die Eingangstür und Merten fluchte. Das lief jetzt komplett aus dem Ruder. ‚Alles wegen dieser kleinen Schlampe‘, dachte er und trat der am Boden liegenden Maja mit voller Wucht in den Unterleib. Diese stöhnte auf und blieb benommen liegen.

Beau schaffte es nicht, die Tür aufzusprengen. Verzweifelt riss er seine Pistole aus dem Halfter und trat zwei Schritte in den Flur zurück. Er zielte auf das Türschloss und feuerte einige Schüsse in rasender Folge ab. Das Holz zersplitterte und das Schloss war beschädigt. In diesem Moment erklangen Schreie im Hotel und auf dem Flur erschienen zwei ältere Personen, die ihn panisch anblickten. Der Mann packte die Frau am Arm und beide verschwanden im Treppenhaus.

Beau registrierte das in Sekundenschnelle aus den Augenwinkeln. Er atmete tief ein und stürzte mit seiner Schulter auf die Tür. Dabei schrie er aus Leibeskräften: „Maja, ich bin gleich da, halte durch.“ Die Tür gab nach und er kam ins Straucheln. Im letzten

Moment sah er Upmann auf dem Boden liegen, wich ihm aus und kam zu Fall.

Merten nutzte diese Chance, reagierte blitzschnell und setzte im Sprung über die Couch hinweg und durch das Fenster hinaus. Er rannte die Feuertreppe entlang. So schnell es die Dunkelheit erlaubte, raste er die Treppenstufen hinunter. Im Hotel war Unruhe eingekehrt. Die Schüsse hatten die Gäste in Panik versetzt und in vielen Zimmern brannte Licht.

Auf dem Weg zum Steg fiel ihm sein Koffer ein, den hatte er jetzt vergessen. Doch zurückkehren war keine Option, er musste von hier verschwinden, bevor es vor Polizei nur so wimmeln würde.

Beau fluchte, der Killer war entwischt. Er kniete sich vor Upmann auf den Boden und fühlte dessen Puls. Dieser war flach, doch er lebte. Die Blutung schien nicht zu stark, zu sein, so entschloss er sich, die Verfolgung aufzunehmen. In diesem Moment rappelte sich Maja vom Boden hoch und taumelte auf ihn zu. „Beau, wo ist der Kerl hin?" rief sie panisch. „Der ist zum Fenster raus, kümmere du dich um Bernd, ich hol mir das Arschloch", brüllte er zurück und raste zum Fenster. Schnell war er hinausgeklettert und versuchte sich zu orientieren.

Er machte eine Person aus, die in Richtung des Ausflugsbootes rannte. ‚Na warte, ich kriege dich', dachte er sich und lief los. Mit Riesenschritten raste er die Feuertreppe hinunter und versuchte, nicht zu stürzen. In der Ferne waren Sirenen zu hören, die sich näherten. Scheinbar hatten Gäste die Polizei gerufen. Verbissen rannte er weiter. Die Person vor ihm war verschwunden. Er durfte diesen Mann nicht entkommen lassen.

Merten hatte das kleine Ruderboot erreicht und sprang hinein. Mit einem Schwung löste er die Halteleine und packte sich die Ruder. Diese tauchte er ins Wasser und zog durch. Schritte waren auf dem Bootssteg zu vernehmen. Dieser Polizist, der ins Zimmer gestürzt war, ließ nicht locker. Er strengte sich an und tauchte die Ruder wieder ein.

Beau sah das kleine Boot und holte das letzte aus sich heraus. In vollem Lauf rannte er auf den Bootssteg und sprang. Er segelte durch die Luft und kam mit einem Fuß auf der Bootskante auf. Er drückte dieses Bein durch und flog mit ausgebreiteten Armen dem Mann vor ihm entgegen. Der versuchte aufzustehen und mit einem Ruder auszuholen.

Mit dem Kopf voran schlug Beau auf diesen auf. Er umklammerte den Killer mit beiden Armen und zusammen stürzten sie aus dem Boot ins Wasser. Ein harter Kampf entbrannte. Merten fasste seinen Angreifer mit seinen Händen auf den Kopf und drückte ihn hinunter. Beau wehrte sich verzweifelt und packte seinen Kontrahenten an den Beinen und zog ihn ebenfalls unter Wasser. Merten schaffte es, Beau mit seinem Fuß wegzustoßen und schwamm an die Wasseroberfläche zurück. Tief nach Luft schnappend fing er an zu schwimmen. Er würde das andere Ufer erreichen, ob mit oder ohne Boot, das schwor er sich.

Beau tauchte ebenfalls wieder an der Oberfläche auf und setzte ihm nach. Die beiden lieferten sich ein erbarmungsloses Wettrennen.

Kapitel 43

Maja lief zu Upmann. Er regte sich und stöhnte vor Schmerzen. Sie kniete sich neben ihn auf den Boden und keuchte auf. Der Mann hatte ihr scheinbar eine Rippe gebrochen, zumindest war die angeknackst, vermutete sie. „Bernd, hörst du mich?", fragte sie und berührte mit einer Hand seine Wange.

Upmann schlug die Augen auf und blinzelte verstört. Er versuchte, sich aufzurichten, und stieß einen Schrei aus: „Scheiße, tut das weh, was ist passiert?"

„Du bist angeschossen worden", antwortete Maja und untersuchte die Schulter, „die Wunde muss verbunden werden, ich bin gleich wieder bei dir, bleib liegen."

„Ich wollte keinen Marathon laufen", meckerte Upmann und stöhnte, „wenn ich den erwische, der kann etwas erleben."

„Beau ist ihm auf den Fersen", rief Maja und kam mit einem Verbandskasten in der Hand zurück.

„Alleine, so ein Wahnsinn", regte sich Upmann auf und versuchte aufzustehen, „hast du Hilfe gerufen?"

„Mist, nein, mache ich sofort", erwiderte Maja.

Wie hatte sie das nur vergessen können? Sie hetzte zum Wohnzimmertisch zurück. Dort lag ihr Handy. Schnell wählte sie den Notruf.

„Brand hier, Dienststelle Lingen, wir haben einen Notfall. Ein Beamter mit Schussverletzung, benötige den Rettungswagen. Verstärkung ist ebenfalls nötig, da der Schütze flüchtig ist."

Sie lauschte auf die Stimme, bedankte sich und beendete das Gespräch.

„Das volle Programm ist hierhin unterwegs. Vom Hotel gab es schon Anrufe wegen der Schießerei", erzählte sie Upmann und begann, im Verbandskasten zu wühlen.

Mit der Schere schnitt sie seinen Pullover kaputt und legte die verletzte Schulter frei.

„Ey, mein guter Pulli, musste das sein?", schimpfte Upmann und schüttelte den Kopf.

„Stell dich nicht so an, oder willst du verbluten?", wies ihn Maja zurecht.

Fachmännisch legte sie ihm einen Verband an und war soeben damit fertig, da hörte sie Stimmen auf dem Flur. Sie stand auf und öffnete die Tür. Zwei Beamte mit gezückten Waffen starrten sie an.

„Situation geklärt", sagte sie und zog ihren Dienstausweis aus der Hosentasche. Die beiden steckten die Waffen ein.

„Es soll einen Verletzten geben und der Täter ist flüchtig?", fragte der ältere Beamte.

„Mein Kollege sitzt dort auf dem Boden, ich habe die

Wunde verbunden und warte auf den Rettungswagen. Ein weiterer Beamter ist dem Täter hinterher. Die beiden sind da draußen unterwegs", erzählte Maja.

„Wir kümmern uns darum", versprach der Beamte und nickte seinem Kollegen zu. Die beiden rannten die Treppe hinunter. In der Zwischenzeit waren einige Einsatzwagen eingetroffen.

Maja ging ins Zimmer zurück und sah nach Upmann. Dieser hatte sich trotz Schmerzen vom Boden erhoben und zum Fenster geschleppt. Verzweifelt spähte er hinaus und versuchte, etwas in der Dunkelheit zu erkennen.

„Ich gehe raus und suche Beau", rief Maja ihm zu und wollte das Zimmer verlassen, da wurde sie von Upmann zurückgerufen.

„Wir benötigen Licht, ruf die Feuerwehr zur Verstärkung und die Wasserschutzpolizei, die sollen das Gelände vom Wasser her ausleuchten", wies er sie an.

„Mach ich", antwortete Maja und rannte hinaus.

Von alledem bekam Beau nichts mit. Er lieferte sich ein brutales Wettschwimmen in dunkler Nacht mit dem Killer. Dieser kraulte in zügigem Tempo vor ihm durch das Wasser. Dieses war kalt und die Bekleidung erschwerte das Schwimmen erheblich. Seine Muskeln schmerzten und er war kurz davor aufzugeben. Doch sein Stolz ließ es nicht zu. Ein Beaufort gibt nicht auf, würde sein Vater ihm vorhalten.

Beau versuchte sich zu orientieren, das wurde durch

die Dunkelheit erschwert. ‚Hoffentlich treiben wir nicht zu weit ab‘, dachte er sich. Die Strömung war kräftig, das sah man am Tage nicht und er musste sich anstrengen, um dem Flüchtigen auf der Spur zu bleiben.

Kapitel 44

Merten aktivierte seine letzten Kraftreserven, das Schwimmen in dem eiskalten Wasser setzte ihm arg zu. Der Polizist ließ nicht locker und verfolgte ihn. Am Ufer musste er den Mann ausschalten, egal wie. Motorengeräusche drangen durch die Nacht und er fluchte, obwohl ihm die Luft knapp wurde. Ein Polizeiboot unter voller Beleuchtung kam angerauscht und nahm Kurs auf das Hotel.

Das Blaulicht und die Sirene waren deutlich auszumachen. Die Scheinwerfer des sich rasch nähernden Bootes strahlte das Ufer an. Es war nicht mehr weit und Merten zog das Tempo an. Er erreichte das Ufer und keuchend wankte er aus dem Wasser. Eilig stolperte er über die Steinböschung und rannte die kleine Anhöhe zum Weg hinauf.

Beau hatte es ebenfalls geschafft und sah den Flüchtenden im Lichtschein. Er winkte dem Boot zu und schrie aus Leibeskräften: „Hierher, ihr müsst an dieses Ufer."

Dann machte er sich an die Verfolgung und stürzte auf dem steinigen Boden. Hart prallte er mit dem

Knie auf den Untergrund und schrie vor Schmerz auf. Doch urplötzlich hatte er eine Idee. Er hob einen faustgroßen Stein auf und rannte weiter. Der Flüchtende war einige Meter vor ihm.

Beau blieb stehen, holte aus und schleuderte den Stein. Volltreffer. Er lief weiter. Merten hatte den Weg fast erreicht, als ihn etwas Hartes am Kopf traf. Für einen Moment verlor er die Orientierung und taumelte. Er fasste sich an den Hinterkopf und stöhnte. Der Idiot hatte ihm ein Loch in den Schädel gehauen. Er biss auf die Zähne und setzte die Flucht fort.

Beau holte auf. Der Mann war nur wenige Meter entfernt.

„Hier spricht die Polizei, bleiben sie sofort stehen", dröhnte eine blechern klingende Stimme über das Wasser. Das Polizeiboot hatte die beiden voll im Scheinwerferlicht eingefangen.

Merten warf einen Blick nach hinten und sah seinen Verfolger, der ihn fast eingeholt hatte. Verzweifelt blieb er stehen und sprang dem Polizisten entgegen. Beau wurde von dem Angriff überrascht und schaffte es nicht auszuweichen.

Merten rammte dem Polizisten seine Schulter in den Magen und warf ihn zu Boden. Dabei stürzte er selbst, rappelte sich aber schnell wieder auf. Beau, der mit dem Rücken auf die Steine gefallen war, lag benommen zu seinen Füßen. Merten holte aus und trat ihm in die Seite. Danach bückte er sich und hob einen dicken Stein auf. Diesen fasste er mit beiden Händen und wollte ihn auf den Schädel seines Verfolgers schlagen, da peitschte ein Schuss durch die Nacht.

„Das ist die letzte Aufforderung sich zu ergeben", erscholl eine Stimme vom Polizeiboot.

Merten ließ den Stein fallen und drehte sich um. Bevor er loslaufen konnte, packte Beau seinen Knöchel und zog daran. Er verlor die Balance und stürzte zu Boden. Sofort zog Beau ihn an sich und versuchte, einen Haltegriff anzusetzen. Sein Gegner wehrte sich und schlug mit der Faust in sein Gesicht. Etwas knackte in seiner Nase und sie fing an zu bluten. Verzweifelt packte Beau den Mann und schlug ihm in den Schritt, griff ihm in die Genitalien und drückte zu.

Merten schrie vor Schmerz auf und drosch wie von Sinnen auf Beau ein. Diesem gelang es endlich, einen Arm zu packen und setzte einen Hebel an.

„So du Arschloch, jetzt ist Feierabend. Eine Bewegung noch und ich brech dir den Arm", keuchte er und drückte fest zu.

„Aah", schrie Merten und wand sich verzweifelt. Doch aus diesem Griff konnte er sich nicht befreien.

„Wir sind gleich da, halten sie aus", brüllte ein Polizist vom Wasser. Ein kleines Schlauchboot näherte sich und legte kurze Zeit später an. Zwei Männer kamen angelaufen und zückten ihre Handschellen.

„Den haben wir sicher", sagte der eine Polizist zu

seinem Kollegen. Sie hatten Merten gefesselt und auf die Beine gezogen.

„Wir sind sofort wieder da, bringen den nur ins Boot", sagte der eine Beamte zu Beau.

Beau antwortete nicht, sondern legte sich auf den Rücken und atmete erleichtert auf. Das war zum Glück nochmal gut ausgegangen.

Maja, die vom Bootssteg alles mitansehen musste, jubelte und rannte zum Rettungswagen, der vor dem Hotel stand. Darin saß Upmann und wurde notärztlich versorgt. Sie riss die hintere Tür auf und brüllte: „Beau hat das Schwein erwischt. Sie haben ihn abgeführt."

„Junge Frau, beruhigen sie sich", schimpfte der Arzt und sah sie wütend an.

„Ist schon gut, Doktor", erwiderte Upmann und reckte den Daumen hoch, „sag deinem Sonnyboy, tolle Arbeit."

„Wir fahren jetzt ins Krankenhaus, dort wird man die Kugel rausholen müssen", sagte der Arzt, stand auf und trat auf Maja zu.

„Möchten Sie mitfahren?", fragte er diese.

Maja schüttelte den Kopf und antwortete: „Ich komme später nach, habe hier noch etwas zu erledigen."

Kapitel 45

Sie rannte zum Bootssteg und wartete auf das Schiff der Wasserschutzpolizei. Dieses näherte sich langsam dem Anlegesteg. Die Beamten hatten das Boot soeben festgemacht, da sprang sie schon an Bord.

„Nicht so eilig junge Frau", rief ihr ein Beamter zu.

Maja reagierte nicht und lief zu Beau. Dieser saß im Bug des Schiffes auf einer Kiste. Man hatte ihm eine Decke umgelegt und er sah erschöpft aus.

„Wie geht es dir, bist du verletzt?", bestürmte Maja ihren Freund mit Fragen und kniete vor ihm auf dem Boden.

„Ich bin in Ordnung", antwortete Beau und lächelte, „die Rippen schmerzen ein wenig und mir ist saukalt. Im Sommer schwimmen macht mehr Spaß, das kann ich dir versichern."

„Das hast du klasse gemacht", lobte ihn Maja und gab ihm einen Kuss.

Ein Beamter tauchte hinter ihnen auf und räusperte sich. „Wir bringen den Mann in die

Justizvollzugsanstalt, möchten Sie mitfahren?", fragte er.

Maja löste sich von Beau, drehte sich um und antwortete: „Das packt ihr schon alleine. Passt gut auf, dass der nicht abhaut. Wir kümmern uns später um ihn."

Der Beamte nickte und ging davon. Gemeinsam mit zwei Kollegen schafften sie Merten von Bord. Dieser leistete keinen Widerstand und folgte mit hängendem Kopf. Sein Traum von einem Leben in Freiheit auf einer exotischen Insel hatte sich in Luft aufgelöst.

In der Zwischenzeit hatte Maja ihr Handy gezückt und die Nummer von Achim Krause, ihrem Chef, gewählt. Dieser nahm das Gespräch nicht entgegen.

„Mensch, wieso geht der denn nicht dran?", schimpfte sie und versuchte es ein weiteres Mal.

„Hast du schon einmal auf die Uhr geschaut?", fragte Beau und lächelte, „es ist zwei Uhr in der Früh, da schlafen andere Menschen meistens."

„Oh natürlich, daran habe ich ja gar nicht gedacht, in der ganzen Hektik hier", erwiderte Maja und wurde durch das Klingeln ihres Telefons unterbrochen.

„Hallo Chef", sagte sie, „ich habe eine tolle Neuigkeit für dich. Wir haben den Killer auf frischer Tat gefasst. Er wird in diesem Moment in die Zelle verbracht. In Ordnung, bis gleich!"

Sie beendete das Gespräch und sah Beau an. „In einer halben Stunde ist er hier."

„Das passt", antwortete dieser und stand auf. Mit

schmerzverzerrtem Gesicht legte er die Decke ab und humpelte an ihr vorbei.

„Wo willst du hin?", fragte Maja und sah ihm verwundert nach.

„Ich gehe duschen und besorge mir andere Klamotten", rief er und verließ über eine schmale Behelfstreppe das Boot.

„Das ist eine gute Idee, du muffelst auch ein bisschen", sagte Maja und folgte ihm.

„Das habe ich gehört", antwortete Beau und ging in Richtung des Hotels.

Vor dem Eingang des Gebäudes stand der Hoteldirektor und sprach mit einem Beamten. Dabei wedelte er heftig mit seinen Armen und seine Stimme wurde immer lauter.

„Sie können doch nicht den ganzen Hotelbetrieb lahmlegen", schimpfte er mit dem Polizisten. Dieser zuckte nur mit den Achseln.

„Gibt es Probleme?", fragte Beau, der auf die beiden zugelaufen kam.

„Die Polizei will meine Gäste befragen und sperrt hier alles ab", bekam er von dem Hotelier zu hören.

„Ich werde mich darum kümmern", versprach Beau und nickte dem Beamten zu. „Wäre es möglich, mir Ersatzkleidung zu besorgen? Diese Klamotten hier stinken und sind nass. Und kann ich irgendwo duschen?"

„Selbstverständlich", antwortete der Hotelier und hatte sich wieder gefasst, „ich zeige ihnen die

Personalräume. Dort gibt es Duschen. Würde Ihnen ein Sportanzug reichen? Im Fitnessbereich haben wir welche eingelagert, für Gäste, die ihre Sachen vergessen haben."

Beau nickte und antwortete: „Das reicht völlig, vielen Dank." Dann drehte er sich zu dem Beamten um und sagte diesem: „Führt die Befragung bitte so diskret wie möglich durch und schickt die Spurensicherung in die Suite oben. Versucht es hinzubekommen, die Absperrung hier so schnell wie möglich aufzuheben."

„Geht in Ordnung", antwortete der Polizist und entfernte sich.

Beau betrat das Hotel und sah Maja, die am Empfang stand.

„Ich mache mich ein wenig frisch, weißt du, was mit Bernd ist?", fragte er sie.

„Er ist auf dem Weg zum Krankenhaus, eine Kugel steckt in der Schulter und die werden sie ihm rausholen. Mehr weiß ich auch nicht", bekam er zur Antwort.

Beau seufzte erleichtert auf und sagte: „Das ist ja noch einmal gut gegangen. Wie geht es dir, bist du verletzt worden?"

„Ich werde ein paar blaue Flecken bekommen, nichts Schlimmes", sagte sie und schubste ihn an, „geh dich waschen, Muffel."

Beau streckte ihr die Zunge raus, fragte am Tresen nach den Personalduschen und ließ sich den Weg zeigen.

Kapitel 46

Achim Krause schälte sich aus dem Bett. Halb zwei, mitten in der Nacht rief Maja Brand ihn an. Er schüttelte den Kopf und dachte wie so oft in letzter Zeit, was er doch für einen Scheißjob hatte. Seine Freundin murmelte etwas, drehte sich um und schlief weiter.

Er zog sich an und verließ die Wohnung. Einen Kaffee würde er sich an der Tankstelle kaufen, die lag auf dem Weg zum Hotel. Hoffentlich ist das keine Plörre, dachte er sich und stieg in seinen Wagen. Kurze Zeit später bog er auf den Parkplatz des Hotels ein und parkte das Fahrzeug. Der Kaffee schmeckte erstaunlich lecker und er fühlte sich wach und fit.

Er lief auf einen Beamten zu und zeigte seinen Dienstausweis. Der Polizist erklärte ihm die Lage, Krause bedankte sich und betrat das Hotel. Ein weiterer Polizist stand an der Treppe. Auf ihn steuerte er zu.

„Wo ist der Tatort?", fragte Krause ihn.

„Zweite Etage, die Spurensicherung ist auch schon da, können Sie nicht verfehlen", bekam er zur Antwort.

Krause nickte und stieg die Treppen hinauf. In der Etage angekommen, sah er die Beamten der Spurensicherung schon bei der Arbeit. Ein Mitarbeiter rutschte vor der Suite auf dem Boden herum und schoss mit einer Kamera Bilder. Dieser sah kurz von seiner Tätigkeit auf und begrüßte ihn.

Stimmen waren zu hören und Krause erkannte die von Maja Brand. Er zog sich Plastiküberzieher über seine Schuhe und betrat das Zimmer. Vor der mit Blut verschmierten Wand blieb er stehen und sah verwundert zu Beau und Maja. Die beiden hatten ihn entdeckt und winkten.

„Komm ans Fenster, dieses Fleckchen hier ist freigegeben", sagte Beau.

„Was ist denn hier passiert?", wollte Krause wissen und sah sich seinen Mitarbeiter erst einmal gründlich an. „Neuer Dienstanzug?", fragte er Beau, da dieser in Sportklamotten durch die Gegend lief.

„Die Sachen stehen ihm doch gut", rief Maja lachend, „und riechen auch eindeutig besser."

„Jetzt verstehe ich gar nichts mehr", seufzte Krause, zog sich einen Stuhl heran und setzte sich.

Maja setzte sich ebenfalls an den Tisch und eröffnete das Gespräch: „Unseren Plan kanntest du ja. Wir wollten den Killer in diesem Zimmer stellen."

„Sag mal, hast du eine andere Haarfarbe?", fragte Krause und brachte Maja aus dem Konzept.

„Ähm ja, jetzt lass mich doch mal erzählen", antwortete sie und fuhr fort. „Wir haben uns entschieden, Frau von Lohe aus der Schusslinie zu bringen. Sie befindet sich zurzeit in Upmanns Wohnung."

„Was?", rief Krause und schüttelte den Kopf, „so war das aber nicht abgesprochen. Und dann in seine Wohnung. Wer passt denn dort auf sie auf?"

„Davon weiß ja keiner", beruhigte ihn Beau und erzählte weiter, „es war uns zu gefährlich und wir konnten ja schlecht ein Sondereinsatzkommando hier auflaufen lassen."

„Wie ist sie denn dorthin gekommen, etwa selbst gefahren?", fragte Krause nach.

„Klaus-Dieter hat sie abgeholt und fortgebracht", erwiderte Maja. „Da ich die gleiche Statur wie Frau von Lohe habe, bin ich als Double eingesprungen, daher die neue Haarfarbe. Die sieht doch gar nicht so schlecht aus oder?"

Krause schnaube kurz und schüttelte den Kopf. „Was ist dann passiert, ich sehe Blut auf dem Boden und an der Wand. Das Türschloss ist kaputt. Schüsse sind gefallen, wurde mir erzählt", hakte er nach.

„Maja hat hier auf den Täter gewartet. Upmann war im Nebenzimmer. Meine Position war im Fahrstuhl", erklärte ihm Beau, „doch dann kam der Täter nicht wie erwartet über den Flur, sondern ist über die Fensterfront in die Suite eingedrungen."

„Scheiße, und dann?", fragte Krause, „wo ist eigentlich Bernd?"

„Der wird gerade operiert", erwiderte Maja und

hob beschwichtigend die Hand, als Krause Anstalten machte sich zu erheben. „Der Killer hat ihm eine Kugel in die Schulter gejagt. Ich habe mit dem Typen gekämpft und dann kam Beau ins Zimmer."

„Da ist der Typ abgehauen, runter zum Bootssteg. Dort lag ein kleines Ruderboot und mit dem wollte er verschwinden. Ich bin ihm nach und habe ihn am anderen Flussufer gestellt", übernahm Beau wieder das Gespräch.

„Leute, ihr macht Sachen", rief Krause und stand auf. „Der Täter ist jetzt wo?", fragte er.

„Auf dem Weg in die Vollzugsanstalt", sagte Maja, „wie geht es jetzt weiter?"

„Ich könnte mir vorstellen, dass sich das Landeskriminalamt einschalten wird. Da der Mann in verschiedenen Ländern gemordet hat, wird man uns den Fall womöglich entziehen. Das werde ich abklären und fahre jetzt ins Büro. Schlafen kann ich eh nicht mehr", antwortete Krause und verließ ohne weitere Worte das Zimmer.

„Und was machen wir beiden nun?", fragte Maja und sah ihren Freund an.

„Ich habe da so eine Idee", erwiderte dieser, „geh doch bitte schon einmal zum Wagen, ich komme gleich nach. Wir brauchen erst einmal frische Klamotten."

„Eine Dusche wäre auch nicht schlecht", meckerte Maja, „aber der Herr ist ja schon frisch gewaschen."

„Wart's ab, ich habe da eine Überraschung für dich", antwortete Beau und verließ ebenfalls das Zimmer.

Er begab sich auf die Suche nach dem Hotelier. Am Empfang bekam er die Auskunft, dass dieser in seinem Büro war. Er bedankte sich und marschierte dorthin.

Vor der Tür blieb er stehen und klopfte. „Herein", hörte er und öffnete die Tür.

„Ah, Sie sind das", sagte der Hotelier, „vielen Dank für ihre Hilfe. Die Polizei hat alles diskret behandelt und die Absperrung ist auch schon aufgehoben."

„Das freut mich", antwortete Beau und lächelte ihn an. „Dann können Sie mir jetzt einen Gefallen tun."

„Was denn?", fragte der Hotelier verwundert.

„Ich möchte die schönste Suite im Hotel. Besorgen Sie mir Champagner und rote Rosen", zählte Beau auf, „in sagen wir mal einer Stunde werden Frau Brand und ich das Zimmer beziehen. Schaffen Sie das?"

„Ja also, ich weiß nicht", stotterte der Hotelier und sah ihn an.

„Vielen Dank, bis gleich", rief Beau, klopfte auf den Schreibtisch und verließ das Büro.

Der Hotelier sah ihm nach und schüttelte den Kopf. Es gab schon seltsame Menschen auf dieser Welt.

Kapitel 47

Maja wartete im Wagen und rief bei Klaus-Dieter an. In diesem Moment öffnete sich die Beifahrertür und Beau stieg ein. Klaus-Dieter nahm das Gespräch nach dem zweiten Klingelton entgegen und hätte vor Schreck fast aufgeschrien.

Infernalischer Lärm drang durch den Wagen. Sie hatte über Bluetooth aus dem Fahrzeug heraus angerufen und auf Lautsprecher gestellt. Beau drehte hektisch die Lautstärke herunter. Kriegsgeschrei und dröhnende Musik waren das Einzige, was die beiden verstanden. Maja versuchte Klaus-Dieter zu erreichen, doch seine Antwort ging in dem Lärm unter und sie beendete das Telefonat.

„Was um alles in der Welt war das denn?", fragte Beau und rieb sich die Ohren.

„Der steckt bestimmt wieder in so einem Rollenspiel", antwortete Maja, „Bernd hat erzählt, dass er da ein absoluter Fan von ist. Schreib du ihm doch bitte eine Nachricht, er soll in Upmanns Wohnung fahren und Klamotten für ein oder zwei Tage zusammenpacken."

„Mach ich", erwiderte Beau, „fahren wir erst in

meine Unterkunft? Ich brauche auch dringend neue Sachen und dann zu dir?"

„Geht klar und dann?", fragte Maja und sah in mit einem kurzen Seitenblick neugierig an.

„Überraschung", antwortete Beau und sagte dann nichts mehr. Er konzentrierte sich auf das Schreiben. Das war gar nicht so leicht, wenn man in einem fahrenden Fahrzeug saß. Kaum hatte er auf Senden geklickt, bekam er schon die Antwort.

„Daumen hoch hat er geschickt", sagte Beau, „der Mann ist dauerhaft online oder?"

„Ja ich glaube schon, ein wenig abgedreht der Typ, doch wir haben von ihm die entscheidenden Tipps bekommen", antwortete Maja, „in Sachen Computer macht ihm keiner etwas vor."

Sie fuhren zur Pension, in der Beau ein Zimmer gemietet hatte und Maja wartete im Wagen.

„Ich beeile mich", rief dieser beim Aussteigen.

In der Zwischenzeit meldete sich Klaus-Dieter aus seiner Fantasywelt ab und stand auf. Mit dem Fuß schob er einen Karton mit leeren Energydrink Dosen an die Seite. Ich müsste mal wieder aufräumen, dachte er und zog sich seine Schuhe an. Er schnappte sich seinen Autoschlüssel und verließ die Wohnung.

Kurze Zeit später stand er vor dem Mietshaus, in dem Bernd lebte. In dessen Wohnung brannte Licht. Frau von Lohe war scheinbar wach und das um diese Uhrzeit. Er sah auf seine Armbanduhr, es war drei Uhr in der Nacht. Er stieg aus und leuchtete mit seinem

Handy das Klingelschild ab. ‚Upmann' stand in fein säuberlicher Schrift auf dem Schild und er drückte darauf.

Frau von Lohe saß auf der Couch im Wohnzimmer und schaute sich eine Talksendung an. Sie fand keine Ruhe und vermochte nicht einzuschlafen. In ihrem Kopf drehte sich alles und sie kam aus dem Grübeln nicht heraus. Es klingelte und sie erschrak. Sie warf einen Blick auf die Wanduhr und fragte sich, wer da mitten in der Nacht vor der Tür stand. Vorsichtig erhob sie sich und spähte zum Fenster hinaus.

Draußen war es dunkel, bis auf die Straßenbeleuchtung, die schwach strahlte. Erkennen konnte sie nichts. Wieder klingelte es und sie lief zur Eingangstür, drückte die Gegensprechanlage und fragte: „Wer ist da?"

„Ich bin es, Klaus-Dieter Bartzig, entschuldigen sie bitte die unchristliche Zeit, doch ich müsste mal in die Wohnung", erklang es blechern durch den Lautsprecher.

Sie drückte auf den Türöffner und wartete, bis Klaus-Dieter vor der Wohnungstür stand. Durch den Türspion konnte sie ihn erkennen und er war alleine. Sie öffnete die Tür und ließ ihn herein.

„Was ist denn passiert, dass es nicht bis morgen früh warten kann?", fragte sie.

„Bernd liegt im Krankenhaus und braucht ein paar Klamotten", antwortete Klaus-Dieter.

„Wieso liegt Herr Upmann im Krankenhaus, was ist passiert?", fragte sie entsetzt.

„Der ist angeschossen worden, mehr weiß ich auch noch nicht", antwortete Klaus-Dieter und versuchte beruhigend zu klingen, „ist glaube ich nicht so schlimm."

Er sah sich in der Wohnung um. „Wow, haben Sie hier geputzt. Das sieht ja klasse aus. Ich glaube, so sauber war das hier noch nie", sagte er anerkennend.

„Ich konnte nicht schlafen und musste mich irgendwie beschäftigen", antwortete Frau von Lohe und lächelte. Insgeheim freute sie sich über dieses Lob. Wenn der Mann wüsste, wie lange sie schon nicht mehr in einem Haushalt etwas gemacht hatte.

„Wissen Sie denn, wo seine Sachen liegen?", fragte sie.

„Nö, da muss ich auch suchen, aber so viel Schränke hat er ja nicht", entgegnete Klaus-Dieter trocken und marschierte ins Schlafzimmer.

„Ich übernehme das besser", rief Frau von Lohe ihm hinterher und griff nach einem Wäschekorb, der vor der Waschmaschine stand.

Sie suchte Bekleidung für zwei Tage heraus und packte alles in eine Reisetasche, die sie Schlafzimmerschrank gefunden hatte. Es war ein komisches Gefühl, fremde Männerunterhosen in den Händen zu halten und sie versuchte, nicht darüber zu lachen.

Klaus-Dieter war in der Zwischenzeit ins Badezimmer gelaufen und kam mit Zahnbürste und

Rasierer in der Hand wieder heraus. Stirnrunzelnd sah sie ihn an und fragte: „Hat er keinen Kulturbeutel?"

„Weiß ich nicht", antwortete Klaus-Dieter und zuckte mit den Schultern. Er legte die beiden Sachen in die Tasche, die auf dem Bett stand und sagte, „ich glaube wir haben alles. Dann bringe ich das mal ins Krankenhaus."

„Ich fahre mit", sagte Frau von Lohe und sah ihn an, „keine Widerrede, junger Mann."

Klaus-Dieter überlegte. Der Täter war ja gefasst, dann würde nichts dagegensprechen, wenn sie die Wohnung verlassen würde. Außerdem war er ja an ihrer Seite.

„Von mir aus, aber wenn es Ärger gibt, dann sind Sie schuld", entgegnete er.

„Das sehen wir dann", antwortete sie und gemeinsam verließen sie die Wohnung.

Die Fahrt zum Krankenhaus in Lingen dauerte nicht lange. Klaus-Dieter zog ein Ticket aus dem Automaten an der Parkschranke und steuerte den Wagen in die Nähe des Eingangs auf einen leeren Parkplatz.

Der Empfang war besetzt und die junge Dame begrüßte sie mit einem Lächeln.

„Wir möchten zu Herrn Upmann, der wurde vorhin eingeliefert", sagte Klaus-Dieter und lehnte sich auf den Tresen. Die Frau gefiel ihm und ihre Stimme war warm und weich.

Frau von Lohe schüttelte den Kopf und räusperte

sich. ‚Männer‘, dachte sie sich, ‚immer dieses Balzgehabe.‘

„Herr Upmann liegt auf Station drei, Zimmer dreihundertfünfzehn", antwortete sie, „finden Sie den Weg oder soll ich Sie begleiten? fragte sie und grinste Klaus-Dieter frech an.

„Das, ähm, schaffe ich, ich meine wir, vielen Dank", stotterte dieser, packte die Reisetasche fester und lief zum Aufzug.

Frau von Lohe folgte ihm und lächelte der jungen Frau zu. Die war taff.

Kapitel 48

Der Fahrstuhl öffnete sich und die beiden traten auf den Krankenhausflur. Der war um diese Uhrzeit leer. Wir müssen in diese Richtung, sagte Klaus-Dieter und bog nach links ab.

„Dreihundertdreizehn, vierzehn", zählte er mit leiser Stimme, während er an den Zimmern vorbeilief, „hier ist es."

In diesem Moment öffnete sich die Tür und ein Arzt in Begleitung einer Krankenschwester kam heraus.

„Was machen Sie denn hier?", fragte der Arzt und sah auf seine Uhr, „die Besuchszeit beginnt erst ab acht Uhr."

„Wir möchten zu Herrn Upmann und ihm ein paar Sachen bringen. Er wurde doch hier eingeliefert?" fragte Frau von Lohe.

„Ja, das stimmt. Wer sind Sie, wenn ich fragen darf?", erwiderte der Arzt und wirkte ungeduldig.

„Wir sind Arbeitskollegen und gehören zu seinem Team", sagte Frau von Lohe, „im Einsatz ist er angeschossen worden. Geht es ihm gut?"

„Sie sind also auch von der Polizei?", erwiderte der Arzt und sah Klaus-Dieter skeptisch von der Seite an.

„Interne Ermittlungen, Sie verstehen?", antwortete Klaus-Dieter und rückte ein Stück näher an den Arzt heran, „es wäre schön, wenn Sie das nicht an die große Glocke hängen. Geheimhaltung und so, wir arbeiten im Hintergrund?"

„Nein, aber das ist nebensächlich. Der Patient ist wohlauf und die Operation gut verlaufen. Er muss sich ein wenig schonen, aber in ein oder zwei Tagen kann er das Krankenhaus verlassen. Sie entschuldigen mich, ich muss weiter", erzählte der Arzt und entfernte sich.

„Der hat es ja eilig", sagte Klaus-Dieter und sah ihm verwundert nach.

„Heute Nacht ist mächtig etwas los in der Notaufnahme, dazu sind wir chronisch unterbesetzt", antwortete die Krankenschwester, „doch dieser Fall hier war schon interessant, eine Schussverletzung haben wir auch nicht alle Tage."

„Geht es ihm denn gut?", fragte Frau von Lohe besorgt.

„Ja, Herr Upmann hat Schmerzmittel bekommen und schläft jetzt. Soweit ich informiert wurde, gab es keine Komplikationen und es ist nur eine Fleischwunde. Schmerzhaft, aber nicht lebensgefährlich", antwortete die Krankenschwester.

„Ich würde vorschlagen, wir stellen die Sachen ins

Zimmer und fahren dann wieder", sagte Klaus-Dieter und öffnete die Tür.

„Ich werde hierbleiben, Sie können fahren", erwiderte Frau von Lohe.

„Aber Bernd pennt doch, da sitzen sie doch nur herum", entgegnete Klaus-Dieter, „und ich weiß auch gar nicht, ob ich das zulassen darf."

„Das geht schon in Ordnung, fahren Sie ruhig", antwortete Frau von Lohe und nahm ihm die Reisetasche ab.

Die Krankenschwester sah sich den Disput amüsiert an und fragte: „Sie beide kommen klar? Ich werde dann mal weiterarbeiten."

„Vielen Dank", antwortete Frau von Lohe und fragte, „kann ich mir irgendwo einen Tee kochen?"

„Ich bringe Ihnen später einen aufs Zimmer", sagte die Schwester, „der Automat unten in der Halle ist defekt."

„Das ist sehr nett, danke", erwiderte Frau von Lohe.

Klaus-Dieter warf einen kurzen Blick in das Zimmer und sah Upmann, der friedlich am Schlafen war. Leichte Schnarchgeräusche kamen vom Bett.

„Ich fahre jetzt, muss noch ein wenig weiterarbeiten", flüsterte er leise und verließ das Zimmer.

Frau von Lohe stellte die Tasche auf dem kleinen Tisch ab, der im Raum stand und lief zu Upmann. Vorsichtig setzte sie sich auf die Bettkante und beobachtete ihn.

Dieser Mann hatte für sie mit einem Mörder

gekämpft. Einen Killer, den ihr Ehemann auf sie angesetzt hatte. Zum Glück war die Verletzung scheinbar nicht so dramatisch, wie der Arzt erzählt hatte.

Sie beobachtete ihn. Er schlief tief und ruhig. In seinem Arm steckte ein Zugang und dieser war an einem Tropf angeschlossen. Er schnarchte, stellte sie mit einem Lächeln fest, zum Glück nur leise.

Sie versuchte sich zu erinnern, wann sie ihrem Ehemann zuletzt beim Schlafen zugesehen hatte. Das war schon lange her. Sie hatten sich auseinandergelebt, die Geschäfte waren immer wichtiger und sie hatten kaum Zeit miteinander verbracht.

Kapitel 49

Upmann erwachte, seine Schulter schmerzte. Er bewegte sich im Bett und biss auf die Zähne. Keine gute Idee, dachte er sich und öffnete verschlafen die Augen. Erneut zuckte er zusammen, doch dieses Mal nicht vor Schmerz, sondern weil er Frau von Lohe sah. Diese saß auf einem Stuhl im Zimmer und schlief. Ihre roten Haare verdeckten das halbe Gesicht.

„Was für eine schöne Frau, dachte er sich und streckte eine Hand aus. Auf dem Beistelltisch an seinem Krankenbett stand ein Glas mit Wasser. Dieses wollte er greifen und stöhnte auf. Das Geräusch weckte die Schlafende.

„Alles in Ordnung bei Ihnen, kann ich helfen? fragte sie und stand auf. Sie eilte zum Bett und sah ihn an.

„Hallo", antwortete Upmann, „ich wollte etwas trinken, komme aber nicht an das Glas."

Sie griff danach und reichte es ihm: „Hier bitte."

„Danke", erwiderte er und nahm einen großen Schluck. „Was um alles in der Welt machen Sie hier?", fragte er.

„Ich habe Ihnen beim Schlafen zugesehen", entgegnete sie und lachte dabei.

„Aha", antwortete er knapp und fragte dann: „Wer hat Sie denn hierhin gebracht, warum sind Sie nicht in der Wohnung geblieben?"

„Mir wurde berichtet, dass der Täter gefasst sei, somit besteht doch keine Gefahr mehr für mich", antwortete Frau von Lohe.

Sie nahm ihm das Glas aus der Hand, stellte es auf den Beistelltisch und beugte sich über ihn.

„Vielen Dank für Ihren Einsatz, lebensmüder Polizist", hauchte sie ihm ins Ohr und küsste ihn auf den Mund.

Völlig verdattert sah Upmann sie an und glaubte zu träumen. Das Gefühl ihrer Lippen auf den seinen, versetzte ihm einen Stromschlag.

„Ja, also, das habe ich gerne gemacht", stotterte er und fühlte, wie er rot wurde.

Sie lachte ihn an und antwortete: „Ich heiße übrigens Ellen, es wird dringend Zeit, uns zu duzen."

„Bernd", erwiderte er und fluchte innerlich. Er war doch kein Pennäler mehr, der nicht wusste, was man sagen sollte.

Bevor die Situation womöglich noch peinlicher für ihn wurde, öffnete sich die Zimmertür. Die Krankenschwester, die in der Nacht Dienst hatte, betrat den Raum.

„Guten Morgen zusammen", rief diese und ging zu ihrem Patienten. „Wie fühlen Sie sich?", fragte sie.

„Schon viel besser", antwortete Upmann und war froh, dass die Situation durch die Schwester entschärft wurde.

„Dann werde ich jetzt Fieber messen. Der Arzt wird gegen acht Uhr bei Ihnen vorbeischauen und sich die Wunde ansehen", erzählte diese und drückte ihm ein Messgerät ins Ohr. „Wunderbar, keine Temperatur", sagte sie. Sie erneuerte den Beutel am Tropfständer und verabschiedete sich von den beiden.

Zur selben Zeit drehte Maja sich in dem großen Bett der Hotelsuite auf die Seite und beobachtete Beau. Dieser schlief tief und fest. ‚Was für ein Mann‘, dachte sie sich und lächelte. Sie kannten sich kaum und doch sehnte sie sich nach seiner Gegenwart. Die Art, wie er sich bewegte, sprach und sie ansah, dass alles gefiel ihr ungemein. Sie schmiegte sich an ihn.

Beau lächelte im Schlaf und umarmte sie. Seine Hände gingen auf Wanderschaft, blieben auf ihren Pobacken liegen und sie spürte sein Glied an ihren Beinen.

„Was wird das jetzt?", flüsterte sie mit leiser Stimme.

„Wir machen da weiter, wo wir vor Stunden aufgehört haben", erwiderte er, öffnete die Augen und küsste sie.

Leidenschaftlich liebten sie sich und duschten dann gemeinsam. Auf dem Rückweg aus der Dusche sammelte jeder seine Sachen ein, die auf dem Boden verstreut waren. Kaum hatten sie in der Nacht die mit Rosenblättern geschmückte Suite betreten, fingen sie an, sich die Klamotten vom Leibe zu reißen. Den gekühlten Champagner gab es erst nach dem finalen Liebesakt.

„Fahren wir gleich zu Bernd ins Krankenhaus und schauen nach ihm?", fragte Maja.

„Auf jeden Fall", erwiderte Beau, „wir müssen doch wissen, wie es dem alten Brummbären geht."

Die beiden verließen die Suite und nutzten den Fahrstuhl, um ins Erdgeschoss zu fahren.

„Ich finde, hier stinkt es noch ein wenig, du nicht auch?", flachste Maja und grinste Beau herausfordernd an.

„Beim nächsten Mal können wir gerne die Rollen tauschen", antwortete der und schüttelte sich, als er an den verdreckten Monteuranzug dachte. Zum Glück war er dieses Teil wieder los.

Kapitel 50

In der Eingangshalle trafen die beiden auf den Hotelier. Dieser kam auf sie zu und sagte: „Reisen Sie schon ab?"

„Die Pflicht ruft", antwortete Maja, „ich wäre gerne noch ein wenig geblieben."

„Das holen wir nach, versprochen", sagte Beau und sah sie liebevoll an, „gehst du schon zum Wagen, ich komme sofort nach."

Maja sah ihn erstaunt an, sagte aber nichts. Sie verabschiedete sich von dem Hotelier und verließ das Hotel.

„Die Suite würde ich gerne für dieses Wochenende buchen, wäre das möglich?", fragte Beau den Hotelchef.

„Das lässt sich bestimmt einrichten", erwiderte dieser, „ich schaue gleich mal nach."

Er lief zum Empfang und sprach mit dem Angestellten, der dort saß. Dieser tippte etwas in den PC und nickte. Mit dieser Auskunft kehrte er zu Beau zurück, der vor einem Spiegel in der Halle stand und seine Krawatte richtete.

„Das Zimmer ist reserviert, wann reisen Sie an?", fragte der Hotelier.

„Freitagabend so gegen acht", erwiderte dieser, „außerdem möchte ich ein Dinner bei Kerzenlicht. Gestalten Sie es so romantisch wie möglich."

„Wird erledigt, darf ich Fragen zu welchem Anlass?", fragte der Hotelier und musterte den jungen Engländer.

„Das bleibt noch geheim", antwortete der, zwinkerte ihm zu und verabschiedete sich.

Auf dem Parkplatz stand Maja neben dem Fahrzeug und telefonierte.

„Wir fahren jetzt zum Krankenhaus, bis gleich", sagte sie und beendete das Gespräch.

„Achim fährt auch ins Krankenhaus", erzählte sie Beau beim Einsteigen.

Kurze Zeit später waren sie am Ziel angekommen. Maja zog ein Ticket aus dem Automaten und steuerte den Wagen direkt in die Tiefgarage. Die Parkplätze vor dem Krankenhaus waren um diese Uhrzeit belegt und auf eine lange Suche hatte sie keine Lust.

Dort angekommen steuerten die beiden den Fahrstuhl an. Damit konnten sie direkt auf die Station fahren. Das hatte Achim Krause ihr am Telefon mitgeteilt. Die Fahrt dauerte nur wenige Sekunden und mit einem leisen Geräusch öffnete sich die Fahrstuhltür.

Upmann lag auf einer Station, die erst vor kurzem renoviert wurde. Alles leuchtete hell und freundlich.

Beau war beeindruckt, in England gab es viele Krankenhäuser, die nicht so hübsch waren.

„Das sieht alles sehr neu aus", sagte er zu Maja, während sie über den Flur liefen.

„Hier wird ständig gebaut und renoviert", antwortete diese, „der neue Teil des Krankenhauses ist mit dem Altbau überhaupt nicht mehr zu vergleichen. Ich möchte gar nicht wissen, welche Unsummen das alles verschlingt."

„Ah, da sind wir ja schon", rief sie, blieb stehen und klopfte an die Zimmertür.

Sie öffnete die Tür und trat ein, Beau folgte ihr.

„Guten Morgen, Bernd, wie geht es dir?", rief Maja, „wie ich sehe, hast du ja schon Besuch."

„Es geht schon besser", antwortete dieser und grinste, „werde bestens versorgt. Ellen bedient mich perfekt."

„Das hört sich gut an", schaltete sich Beau in das Gespräch ein und grüßte Frau von Lohe.

„Ich habe es in der Wohnung von Bernd nicht mehr ausgehalten", sagte diese, „übrigens, nennt mich doch bitte Ellen."

„Gerne, ich bin die Maja und das ist Beau", antwortete Maja ihr.

„Beau?", fragte Ellen, ein exotischer Name für einen Engländer, den habe ich noch nie gehört."

„Der Typ heißt vollständig Charles Henry Beaufort der Zweite", lachte Bernd scheppernd, „das kann sich doch kein Schwein merken."

„Nur kein Neid, mein Lieber", erwiderte Beau und grinste.

„Die Kurzform reicht völlig aus", sagte Beau zu Ellen, „mittlerweile habe ich mich daran gewöhnt."

Es klopfte und die Tür öffnete sich erneut. Achim Krause kam herein und blieb kurz stehen: „Vollversammlung, wie ich feststelle. Schön, euch alle munter und gesund zu sehen", rief er und ging zu Upmanns Krankenbett.

„Aufs Händeschütteln und Schulterklopfen verzichte ich jetzt lieber", scherzte Krause und sah seinen Freund an. „Wie geht's dir, sind die Schmerzen schlimm?"

„Es ist erträglich", antwortete Upmann und grinste, „bei der tollen Rundumversorgung fehlt es mir an nichts."

Wieder klopfte es an der Tür und der Arzt in Begleitung einiger Schwestern betrat das Zimmer.

„Hier ist ja schon ordentlich Betrieb", schmunzelte er, „trotzdem möchte ich Sie bitten, das Zimmer zu verlassen, da wir die Visite durchführen. Sie können gerne solange im Flur warten."

Die Angesprochenen verließen den Raum und eine Schwester schloss die Tür hinter ihnen.

„Gibt es schon Neuigkeiten in unserem Fall?", fragte Maja, „du hast doch davon gesprochen, dass sich das vielleicht das Landeskriminalamt einschalten könnte."

„Und genauso ist es gekommen", antwortete Achim

Krause, „den Chef persönlich hatte ich heute in der Leitung. Ein Team von denen ist schon unterwegs. Die holen sich die Unterlagen ab und das war es dann für uns. Die Lorbeeren ernten andere."

„Das ist doch oft so", sagte Beau, „trotz allem waren wir es, die dem Typen auf die Spur gekommen sind und ihn gestellt haben."

„Das war eine saubere Leistung, ich bin mächtig stolz auf euch", erwiderte Krause und sah seine Mitarbeiter an.

„Bernd musst du aber auch noch loben, nicht vergessen", sagte Maja lachend.

Die Tür des Krankenzimmers öffnete sich und das Pflegeteam kam heraus. Der Arzt hatte ein hochrotes Gesicht, lief auf sie zu und sagte: „Ihren Polizisten können Sie mitnehmen. Da kann man ja besser mit einem Esel diskutieren, so ein sturer Mensch."

„Was hat er denn angestellt?", fragte Krause neugierig und seine Mundwinkel zuckten. Bernd fiel doch überall auf.

„Er will unbedingt das Krankenhaus verlassen. Ich habe ihm geraten, noch mindestens eine Nacht hierzubleiben. Keine Chance", erzählte der Arzt kopfschüttelnd.

„Kann denn etwas passieren?", fragte Maja.

„Solange er die Schulter nicht belastet nichts, doch er ist doch in seiner Bewegungsfreiheit vollkommen eingeschränkt. Ohne Hilfe schafft er es noch nicht einmal aus seiner Bekleidung", antwortete der Arzt.

„Ich werde mich um ihn kümmern", sagte Ellen von Lohe, „immerhin hat er sich die Kugel für mich eingefangen. Und es werden ja nur ein oder zwei Tage nötig sein."

„Dann wäre das ja geklärt", sagte der Arzt, sah auf seine Uhr und rief, „ich muss weiter. Die Schwester wird seine Papiere fertigmachen."

Damit drehte er sich um und marschierte auf die Krankenschwestern zu, die vor einem anderen Zimmer standen und warteten.

Kapitel 51

Dann werde ich mich mal um meinen Patienten kümmern", sagte Ellen, lachte und verschwand im Krankenzimmer.

„Was haltet ihr davon, wenn wir uns am Freitag irgendwo zu einem gemütlichen Abend treffen?", schlug Achim Krause vor.

„Da habe ich leider keine Zeit, wie wäre es mit morgen?", antwortete Beau.

Maja zuckte mit den Achseln und sagte: „Mir ist das egal. Ich rufe dann den Klaus-Dieter aber noch an, der muss dabei sein."

„Mit dem telefoniere ich gleich noch", erwiderte Krause, „der muss den Jungs vom Landeskriminalamt seine Ergebnisse vorlegen, dann lade ich ihn ein."

Die Tür vom Krankenzimmer öffnete sich und Bernd Upmann betrat den Flur. Grinsend sah er die anderen an und sagte: „Wer wird eingeladen, habe ich etwas verpasst?"

„Du bist eine Marke, wieso bleibst du nicht noch eine Nacht hier?", schimpfte Krause und sah ihn kopfschüttelnd an.

„Zu Hause fühle ich mich besser", erwiderte Upmann, „das klappt schon. Wer bringt Ellen und mich heim?"

„Das kann ich übernehmen", antwortete Maja, „wir haben noch Platz im Auto."

„Ich fahre mit Achim ins Präsidium", sagte Beau, „muss noch etwas erledigen."

„Dann lass uns fahren Beau", sagte Krause, „wo treffen wir uns heute Abend?"

„Unsere Stammkneipe?", schlug Upmann vor, „im Hinterzimmer, da ist es gemütlich und ich brauche unbedingt etwas Vernünftiges zu essen."

„Frikadellen aus der Verpackung mit Remoulade, super gesund", ätzte Beau, „und nimm dir ein Ersatzhemd mit, wenn du wieder kleckerst."

„Warte nur mein Freund, wenn ich wieder gesund bin", schimpfte Upmann, „dann drehen wir wieder eine Runde mit dem Mustang, nachdem du Sushi gegessen hast."

„Hört schon auf", schaltete sich Krause ein, „komm Beau wir müssen los."

Die beiden verließen die Gruppe und fuhren mit dem Fahrstuhl nach unten.

„Ich müsste etwas mit dir besprechen", sagte Beau und sah Krause fest in die Augen.

„Schieß los", erwiderte dieser.

„Ich möchte nach Deutschland kommen und bei euch im Präsidium arbeiten", erzählte ihm Beau.

Wie angewurzelt blieb Achim Krause stehen und sah ihn an. „Was hast du da gesagt?"

„Ich komme nach Lingen und möchte in eurer Abteilung arbeiten", wiederholte Beau und grinste ihn an.

„Das haut mich jetzt um", japste Krause, „gerne. Wie kommst du auf diese Idee?"

„Ich habe mich in Bernd verknallt", erwiderte Beau süffisant. „Nein im Ernst, mir gefällt die Gegend hier und das Team ist klasse. Eine Zusammenarbeit kann ich mir wirklich vorstellen."

Krause kratzte sich am Kopf und sagte: „Das wird ein wenig Schreibkram erfordern, aber ich werde mich erkundigen."

Die beiden waren mittlerweile am Wagen angekommen und stiegen ein. Im Fahrzeug bediente Krause die Freisprecheinrichtung und wählte die Nummer von Klaus-Dieter Bartzig. Dieser war nach dem zweiten Klingeln schon am Telefon.

„Klaus-Dieter, du müsstest bitte in mein Büro kommen und bring deine Unterlagen über unseren Fall mit. Eine Abordnung des Landeskriminalamtes wird auch dort sein und die möchten dir ein paar Fragen stellen", sagte er.

„Echt jetzt, das Landeskriminalamt?", rief Klaus-Dieter aufgeregt, „aber du weißt schon, dass ich nicht auf offiziellem Wege an die Infos gekommen bin?"

„Das kläre ich mit denen, keine Angst", beruhigte

ihn Achim Krause und nachdem die beiden eine Uhrzeit vereinbart hatten, beendete er das Gespräch.

Wenig später parkte er den Wagen auf seinem Parkplatz am Präsidium.

„Ich werde ein Telefonat mit England führen", sagte Beau, während sie auf den Eingang zusteuerten.

„Mach das, die werden erfreut sein", erwiderte Krause und seine Stimme hatte einen ironischen Klang.

„Ach ja eines noch Chef", sagte Beau, „erzähl Maja bitte noch nichts davon, dass möchte ich ihr selber mitteilen."

„Geht in Ordnung", bekam er zur Antwort.

Kapitel 52

Achim Krause saß mit Klaus-Dieter in seinem Büro. Auf dem Tisch hatten sie die Unterlagen ausgebreitet, die dieser mitgebracht hatte. Gemeinsam hatten die beiden das Material gesichtet und sich auf das kommende Gespräch vorbereitet. Es klopfte an der Tür und drei Beamte des Landeskriminalamtes betraten das Büro.

„Guten Tag", sagte ein junger Mann, nahm seine Sonnenbrille ab und stellte sich vor, „Florian Schröder, Landeskriminalamt und das sind meine beiden Kollegen. Wir sind hier, um...", weiter kam er nicht.

„Sie sind hier, um unseren Fall zu übernehmen, ich weiß", unterbrach ihn Krause und musste sich ein Lachen verkneifen.

Die drei Jungspunde vor ihm sahen sich extrem ähnlich, groß, schlank und alle mit Sonnenbrillen bewaffnet. Scheint zur Standardausrüstung des Amtes zu gehören, dachte er sich.

„Ja, ähm, wie geht es jetzt weiter?", fragte Herr Schröder sichtlich verwirrt.

„Das hier ist Klaus-Dieter Bartzig, unser Informatikexperte. Er wird ihnen seine Daten übergeben und ihre Fragen beantworten", klärte ihn Krause auf und freute sich insgeheim, den jungen Burschen aus dem Konzept gebracht zu haben.

„Ich denke das wird nicht nötig sein, wir haben eigene Experten, die sich mit der Angelegenheit beschäftigen werden", erwiderte Herr Schröder schnippisch und nahm einen Stapel Papier entgegen, die ihm Klaus-Dieter reichte.

„Dann wäre das ja geklärt", antwortete Krause, „der Täter sitzt in der Justizvollzugsanstalt Lingen, aber das wissen Sie ja bereits."

„Der wird heute noch von unserem Team verhört", sagte Herr Schröder und setzte sich seine Sonnenbrille wieder auf, „wir sind dann fertig. Einen schönen Tag noch."

Die drei verließen im Gänsemarsch das Büro. Die Tür fiel ins Schloss und Krause prustete los: „Aus welchem Kindergarten hat man die denn freigelassen?", lachte er.

Klaus-Dieter war ebenfalls sprachlos und schüttelte den Kopf: „Das war jetzt ein Scherz oder? Versteckte Kamera?"

„Ich würde eher sagen Men in Black, die rannten genauso durch die Gegend", wieherte Krause und lachte, bis ihm die Tränen über die Wangen liefen.

„Dann sind wir ja jetzt fertig für heute oder?", fragte Klaus-Dieter.

Krause hatte sich mittlerweile beruhigt und antwortete: „Eine Sache habe ich noch. Heute Abend treffen in eurer Stammkneipe. Ein wenig feiern, auf den nicht mehr vorhandenen Fall."

„Hört sich gut an", freute sich Klaus-Dieter und lief zur Tür.

„Ich habe einen Antrag an die Verwaltung geschickt. Wir benötigen dringend Verstärkung in unserer Informatikabteilung. Den Job würde ich dir gerne anbieten, wenn du möchtest", rief Krause ihm hinterher.

Der Angesprochene blieb im Türrahmen stehen und drehte sich um. „Echt jetzt? Das ist doch der Hammer, natürlich will ich, wann kann ich anfangen?", rief er.

„So schnell geht es nicht", erwiderte Krause, „sobald ich Nachricht erhalte, erfährst du es als Erster."

„Yeah", brüllte Klaus-Dieter, „bis heute Abend, da trinken wir einen drauf."

Damit verließ er das Büro und rannte zum Ausgang. Er brauchte dringend frische Luft. Vor dem Eingang blieb er stehen und atmete tief ein und aus. Sein Traum für die Polizei zu arbeiten, wurde vielleicht Wirklichkeit.

Zur selben Zeit verließ Beau sein Büro und sah Klaus-Dieter vorbeirennen. Der scheint es eilig zu haben, dachte er sich und machte sich auf den Weg zu Achim Krause. Er klopfte an und trat ein.

„Ach Beau, komm rein", rief Krause und winkte ihn zu sich, „was sagen die Engländer?"

„Die waren nicht begeistert", seufzte dieser, „mein Chef dort ist fast durch den Hörer gekrochen."

„Das kann ich mir vorstellen", antwortete Krause, „gute Mitarbeiter lässt man nicht gerne gehen."

„Er wird es überstehen", sagte Beau und zuckte mit den Schultern, „das war doch gerade Klaus-Dieter, der über den Flur gerast ist, was hat der denn?"

„Ich habe ihm einen Job in unserer Abteilung versprochen", erzählte ihm Krause, „die Stelle muss zwar noch freigeschaltet werden, doch das dürfte kein Problem werden. Das steht ja schon länger zur Diskussion."

„Das freut mich für Klaus-Dieter. Ist ein feiner Kerl und der hat richtig was drauf", antwortete Beau.

„Das stimmt, ein wenig abgedreht, aber am PC macht ihm so schnell keiner etwas vor", bestätigte Krause.

Beau lief zur Tür und rief: „Wir sehen uns heute Abend und bitte kein Wort zu Maja."

„Versprochen, das erzähl du ihr mal lieber selbst. Bin schon gespannt, wie Bernd reagieren wird", antwortete Krause.

„Das klappt schon", sagte Beau und verließ den Raum. Ich hoffe es zumindest, dass es funktionieren wird, dachte er sich.

Kapitel 53

Maja Brand parkte den Wagen vor Upmanns Wohnung und ließ ihn und Ellen aussteigen.

„Bis heute Abend, ihr Zwei", rief sie den beiden zu und fuhr weiter.

Upmann hob seine gesunde Hand zum Gruß und ging hinter Ellen her. Er sah, wie sich die Gardine in Frau Meyers Küchenfenster bewegte und seufzte. Das Empfangskomitee würde gleich bereitstehen. Einen Haustürschlüssel benötige ich doch gar nicht, dachte er sich, die Frau überwacht jeden Schritt und weiß wer kommt und geht.

Ellen öffnete die Eingangstür und hielt ihm diese auf. „Nach Ihnen Herr Upmann", rief sie mit lauter Stimme.

„Vielen Dank die Dame", antwortete er und lief an ihr vorbei, „das Gepäck bitte in den zweiten Stock."

„Sehr wohl gnädiger Herr", säuselte Ellen und winkte Frau Meyer zu, die ihre Tür ein Stück geöffnet hatte und in den Flur spähte.

Diese hauchte ein leises: „Hallo" und schloss die Tür.

Upmann stand vor seiner Wohnungstür und wartete

darauf, dass Ellen diese aufschloss. Er trat ein, drückte die Tür zu und blieb wie angewurzelt stehen.

„Was ist denn hier passiert?", fragte er und lief weiter in die Wohnung hinein.

Unschuldig sah Ellen ihm hinterher und sagte: „Wieso?"

„Hast du hier aufgeräumt, das ist ja alles blitz blank", stammelte Upmann und trat ins Schlafzimmer, um sich dort umzusehen.

„Ich habe keine Ruhe gefunden und musste mich beschäftigen", entschuldigte Ellen sich, „ich hoffe, das ist dir jetzt nicht unangenehm."

„Doch das ist es, ich schäme mich gerade ein wenig", gestand Upmann, „bei mir sah es aus wie im Saustall."

„Das stimmt allerdings", bestätigte Ellen und lachte, „jetzt geht es wieder, würde ich sagen."

„Wahnsinn, du bist eine Perle", rief Upmann und lächelte sie an, „wollen wir einen Kaffee trinken?"

„Gerne, ich kann uns einen kochen", erwiderte sie.

„Nein, das schaffe ich auch mit einer Hand", antwortete Upmann, „setz dich ins Wohnzimmer, ist gleich fertig."

Fünf Minuten später saßen sich die beiden gegenüber und sahen sich an. Die Kaffeetassen standen dampfend vor ihnen auf dem Tisch.

„Wie geht es jetzt weiter?", fragte Ellen ihn.

Upmann antwortete: „Ich denke, dein Mann wird verhaftet werden. Er hat einen Mord in Auftrag gegeben und das können wir ihm dank Klaus-Dieter nachweisen. Ob er in Bali oder hier in Deutschland festgenommen wird, weiß ich nicht."

„Dann habe ich ein bisschen Zeit, um die wichtigsten Sachen aus unserem Haus zu holen. Einen Anwalt werde ich noch heute einschalten und die Scheidung einreichen", erzählte sie ihm.

„Ich kann dir einen Wagen mitschicken, wenn du nach Hause fährst. Die passen dann solange auf dich auf", sagte Upmann, „wo willst Du denn solange wohnen?"

„Wenn es dir nichts ausmacht, schlafe ich heute hier auf der Couch", sagte Ellen und sah ihn fragend an.

Ihm wurde ganz schwindelig bei dem Gedanken und er spürte, dass er rot wurde.

„Das macht mir gar nichts aus, im Gegenteil", sagte er, „ich kann auch auf der Couch schlafen."

„Du mit deiner Schulter", erwiderte sie und schüttelte den Kopf, „du schläfst in deinem Bett. Morgen starte ich dann mit der Wohnungssuche."

„Einverstanden", antwortete Upmann und freute sich insgeheim, dass er einen ganzen Tag mit ihr verbringen durfte. Diese Frau hatte es ihm angetan.

Die beiden verbrachten den Rest des Tages im Wohnzimmer und redeten miteinander. Die Stimmung war harmonisch und Ellen fühlte sich so wohl, wie schon lange nicht mehr. Upmann genoss ihre Gegenwart ebenfalls und war traurig, als er auf seine Armbanduhr sah.

„Wir müssen los", sagte er, „um neunzehn Uhr wollten wir uns doch treffen."

„Ich verschwinde noch schnell ins Bad und mache mir die Haare, bin sofort wieder da", rief sie und rannte aus dem Zimmer.

Sie hielt Wort und fünf Minuten später verließen die beiden die Wohnung. Ellen fuhr seinen Wagen und er navigierte sie durch die Stadt. Die Parkplatzsuche gestaltete sich schwierig und so verspäteten sie sich etwas.

Die anderen waren schon im Hinterzimmer und begrüßten die zwei herzlich, als diese den Raum betraten.

„Der Herr Kommissar und seine Privatkrankenschwester", rief Maja und lachte.

„Hauptkommissar, soviel Zeit muss sein", erwiderte Upmann und fragte, „habt ihr schon etwas zu Essen bestellt?"

„Für dich gibt es Suppe, dann braucht auch keiner dein Schnitzel schneiden", rief Beau.

Bevor Upmann etwas darauf erwidern konnte, schaltete sich Krause ein und sagte: „Frieden jetzt ihr zwei, seid ja schlimmer wie kleine Kinder."

Klaus-Dieter betätigte die Klingel und kurze Zeit später trat die Bedienung in den Raum. Jeder bestellte sich ein Getränk.

„Möchtet ihr auch essen?", fragte die junge Dame, die ihre Bestellung notiert hatte.

„Auf jeden Fall", rief Upmann und rieb sich über seinen Bauch, „ich habe einen Bärenhunger."

Während sie auf die Getränke warteten, erzählte Krause die Geschichte vom Vormittag.

„Fehlte nur noch, dass die drei Kerle einen schwarzen Anzug getragen hätten, das wäre der Obergaudi gewesen", schloss er den Vortrag und die anderen lachten.

„Eine Sache möchte ich dann noch verkünden", sagte Krause und wurde unterbrochen, da die Getränke geliefert wurden.

Mit dem Glas in der Hand stand er auf und sagte: „Herzlichen Glückwunsch zum gelösten Fall. Die Soko Witwermacher hat erstklassige Arbeit geleistet."

Die anderen klopften auf den Tisch und prosteten sich zu.

„Und noch ein Prosit auf unseren zukünftigen neuen Mitarbeiter", rief Krause und hob erneut sein Glas.

Upmann stutzte und sah ihn an: „Was meinst du?"

Beau fluchte innerlich und dachte, der wird doch jetzt nichts heraus posaunen?

„Wir werden bald einen neuen Mitarbeiter in unserem Team haben", sprach Krause weiter, „es fehlt zwar noch die Zustimmung der Verwaltung, doch das ist nur eine Formalie. Lasst uns Klaus-Dieter Bartzig als zukünftigen Informatikfachmann begrüßen."

Maja gratulierte als Erste: „Mensch Klaus-Dieter, herzlichen Glückwunsch. Das hast du dir verdient."

„Sehe ich genauso, ich freue mich für dich", rief Upmann und hob sein Glas.

Das Essen wurde bestellt und die nächste Getränkerunde geliefert. Bis um Mitternacht feierten sie und Krause hob ein letztes Mal sein Glas: „So Leute, die Party ist zu Ende. Wir sehen uns morgen früh in aller Frische im Büro."

Vor dem Lokal verabschiedeten sich Upmann und Ellen von den anderen. Krause hatte für den Rest den Teams ein Sammeltaxi bestellt.

Kapitel 54

Am nächsten Morgen traf sich das Team pünktlich im Büro. Upmann hatte sich von Klaus-Dieter abholen lassen, da er Ellen seinen Wagen zur Verfügung gestellt hatte.

Maja setzte Kaffee auf und Beau stellte eine Schüssel mit Croissants auf den Tisch.

„Wofür haben wir denn die verdient", fragte Upmann und sah ihn misstrauisch an, „oder hat da jemand ein schlechtes Gewissen?"

„Warum sollte ich", antwortete Beau und verdrehte die Augen, „ich wollte einfach nur nett sein. Würde dir auch nicht schaden, es auszuprobieren."

„Ich bin immer nett", empörte sich Upmann und griff in die Schüssel.

„Wenn du schläfst vielleicht", flüsterte Beau und erhielt einen Stoß in die Rippen von Maja.

Diese sah ihn an und schüttelte mit dem Kopf.

Krause schaute zur Tür herein, sah die Croissants und schnupperte: „Hm, frischer Kaffee und Leckereien, darf ich reinkommen?"

„Du immer", brummte Upmann und schob sich den Rest des Croissants in den Mund.

Krause trat ein, bedankte sich bei Beau, der ihm einen Becher mit Kaffee reichte und schnappte sich ein Gebäckstück.

„Es gibt Neuigkeiten vom Landeskriminalamt", erzählte er kauend, „die haben den Killer gestern vernommen. Der Mann hat sofort gestanden. Ist am Boden zerstört, weil sein Lebenstraum geplatzt ist. Mit der Kohle, die er für die Morde erhalten hat, wollte er sich in die Karibik absetzen und dort ein Hotel aufmachen. Jetzt landet er im Knast und kommt als alter Mann wieder raus, wenn er Glück hat."

„Woher weißt du das?", fragte Upmann, „ich dachte die jungen Schnösel würden dir das bestimmt nicht erzählen."

„Haben sie auch nicht", erwiderte Krause und wischte sich seine Finger in der Hose ab, „doch ich habe noch alte Kontakte beim Landeskriminalamt, daher weiß ich das aus sicherer Quelle."

„Was ist mit den Daten, die Klaus-Dieter herausgefunden hat, konnten die verwertet werden?", fragte Maja und schlürfte an ihrem Becher. Der Kaffee war verdammt heiß.

Krause nickte und antwortete: „Das war auch ein Volltreffer. Damit kann man nachweisen, wer die Aufträge erteilt hat und über welche Konten das Geld geflossen ist."

„Dein Kontakt ist ja ziemlich gut informiert", merkte Upmann an.

„Klar ist er das", erwiderte Krause, „das ist der Chef dieser Babytruppe. Du kannst dir nicht vorstellen, wie oft der sich schon bei mir ausgeheult hat. Wir kennen uns von früher und ein oder zweimal im Jahr gehen wir einen trinken."

„Verstehe", sagte Upmann und stand auf, um sich einen weiteren Becher Kaffee zu holen.

„Danke für die Verpflegung, ich muss los", sagte Krause, klopfte auf den Tisch und verließ den Raum.

„So jetzt kommt der schönste Teil der Polizeiarbeit", seufzte Maja und setzte sich lustlos auf ihren Schreibtischstuhl, „Berichte schreiben. Das ist so ätzend."

„Ich mache das gerne", rief Beau und lachte, „das rundet so einen Fall doch erst ab."

Upmann schüttelte den Kopf und trank den letzten Schluck Kaffee.

„Klaus-Dieter, soll ich dir schon einmal deinen zukünftigen Arbeitsplatz zeigen und dir die Kollegen vorstellen?", fragte er seinen Freund.

„Ja gerne", erwiderte dieser und stand ebenfalls auf.

Die beiden verließen das Zimmer und Maja schimpfte: „Das macht er immer so, olles Faultier."

„Das schaffen wir", beruhigte Beau sie und lächelte dabei.

„Ich möchte heute Mittag noch zu meiner Mutter,

da war ich seit ein paar Tagen nicht mehr", erzählte Maja und fing an zu tippen.

„Und heute Abend haben wir zwei ein Date", sagte Beau und trat zur Tafel. Dort hingen ihre Folien und Blätter. Diese nahm er herunter und wischte das Board sauber.

„Da weiß ich ja nichts davon", antwortete Maja und sah ihn erstaunt an.

„Dann wäre es ja auch keine Überraschung", scherzte dieser, „mach dich einfach hübsch und sei um achtzehn Uhr fertig. Ich hole dich ab."

„Gefalle ich dir etwa nicht?", sagte sie schnippisch.

„Doch natürlich", entgegnete er, „aber das sagt man doch so in Deutschland oder etwa nicht?"

Schweigend arbeiteten die beiden an ihren Berichten. Upmann tauchte nicht wieder im Büro auf. Er hatte Klaus-Dieter zur Informatikabteilung gebracht und ihn dort seinen neuen Kollegen vorgestellt.

‚Jetzt wäre Zeit für ein zweites Frühstück', dachte er sich und verließ das Gebäude. Zielstrebig steuerte er den Metzger seines Vertrauens an und betrat das Geschäft.

„Ah der Herr Kommissar besucht uns einmal wieder", freute sich der Inhaber, „was darf es sein?"

„Zwei leckere Mettbrötchen mit viel Zwiebeln Hans", antwortete Upmann und ging zum Stehtisch.

„Kommt sofort", erwiderte der Metzgermeister, schmierte die Brötchen und servierte sie kurze Zeit später.

„Dankeschön", antwortete Upmann und griff sich eines davon. Herzhaft biss er hinein und stöhnte in brünstig auf. ‚Wie habe ich das vermisst', dachte er sich und nahm das zweite Brötchen.

Nach einer ausgiebigen Pause kehrte er ins Präsidium zurück. Er schlenderte zum Büro und betrat gutgelaunt und gesättigt sein Zimmer. Wie angewurzelt blieb er stehen und sah sich um. Das Zimmer war leer. ‚Ja, wo sind die denn', dachte er und sah auf die Uhr. Es war fast zwei. Er zuckte mit den Schultern und setzte sich an seinen Platz.

Nachdem er den Computer hochgefahren hatte, sichtete er seine Mails. So arbeitete er konzentriert einige Stunden und wurde durch ein Klopfen an der Tür gestört.

„Herein", rief er mit lauter Stimme.

Die Tür öffnete sich und Ellen kam ins Zimmer. „Feierabend", sagte sie, „es ist schon fast fünf Uhr. Ich war einkaufen und kann uns etwas Leckeres kochen. Hast du Lust?"

„Aber sowas von", antwortete Upmann und schaltete den Computer aus.

Die beiden verließen das Gebäude und fuhren zu seiner Wohnung.

„Ich habe Unterlagen aus unserem Haus geholt. Einen Anwalt habe ich auch schon beauftragt", erzählte Ellen ihm.

„Das geht ja schnell bei dir", antwortete Upmann.

„Keine Minute länger will ich dort leben", erwiderte

Ellen, „gleich morgen beginne ich mit der Suche nach einer Wohnung. Außerdem muss ich noch einige Bankgeschäfte erledigen, bevor mein Ehemann die Konten sperren lässt."

Sie parkte den Wagen auf einem freien Parkplatz und die beiden stiegen aus. Aus dem Kofferraum nahm sie zwei Tüten und lief zum Eingang. Upmann drückte mit einer Hand den Kofferraumdeckel herunter und schloss das Fahrzeug ab.

Wieder bewegte sich die Gardine und er winkte.

Im Treppenhaus fragte er Ellen: „Sollten wir Frau Meyer zum Essen einladen, die kann doch vor Neugierde bestimmt nicht schlafen."

„Nicht dein Ernst oder?", antwortete Ellen und sah ihn entsetzt an.

„Nein, natürlich nicht, das war ein Scherz", grinste Upmann.

Kapitel 55

Pünktlich um achtzehn Uhr stand Beau mit einem Wagen vor der Wohnung von Maja. Das Fahrzeug hatte er sich in der Fahrbereitschaft ausgeliehen. Er stieg aus und ging zum Eingang. Dort drückte er mehrmals auf die Klingel und wartete.

Es dauerte nicht lange und Maja trat vor die Tür. Sie hatte sich durch ihren gesamten Kleiderschrank getestet und endlich das richtige gefunden. ‚Ob es Beau gefallen würde?‘, fragte sie sich.

Beau war sprachlos, als er seine Freundin sah. „Wow, du siehst toll aus, absolut perfekt", sagte er und gab ihr einen langen Kuss.

„Alter Charmeur", erwiderte sie und freute sich über das Kompliment, „wohin entführst du mich denn?"

„Überraschung", lautete die Antwort von Beau und lief zum Wagen. Er setzte sich an Steuer und wartete darauf, dass Maja einstieg.

„Du fährst?", fragte sie entgeistert.

„Ja was denkst du denn", entgegnete er und lachte dabei, „glaubst du vielleicht, ich habe den Wagen hierhin geschoben?"

„Ich denke du hasst Autos", antwortete sie und schnallte sich an.

„Für dich überwinde ich jedes Hindernis", erwiderte er.

„Wenn das Bernd wüsste, dann würde er sofort einen Spruch raushauen", sagte sie und grinste.

„Daran werde ich mich gewöhnen müssen", antwortete er und ließ den Wagen an.

„Wie meinst du das?", fragte sie und sah ihn an.

„Ach nichts, nur so, daran gewöhnt man sich ja vielleicht", stotterte er. ‚Verdammt, jetzt habe ich mich fast verplappert', dachte er sich, die Frau raubt mir den Verstand.

Er steuerte den Wagen durch den abendlichen Verkehr der Stadt und plötzlich fragte Maja: „Sag mal, das ist doch der Weg zum Hotel oder täusche ich mich?"

„Das ist unser Ziel Frau Kommissarin", antwortete Beau.

Ein paar Minuten später bogen sie auf die Zufahrt zum Hotel ein und er stellte den Wagen auf dem Parkplatz ab. Sie stiegen aus und gingen ins Gebäude hinein. Am Empfang nannte Beau seinen Namen und der Hotelangestellte suchte die Reservierung.

„Hier haben wir es ja. Suite 510 de Luxe, oberstes Geschoss. Haben Sie Gepäck?", fragte der Angestellte.

„Nein, wir reisen ohne", erwiderte Beau und nahm den Zimmerschlüssel entgegen.

Maja und er betraten den Aufzug und er drückte auf

den passenden Knopf. Sanft fuhr der Fahrstuhl los und hielt kurze Zeit später in der gewünschten Etage an. Sie betraten den Flur, der mit einem dicken roten Teppich ausgelegt war. Auf dieser Etage gab es nur wenige Zimmer, ihres lag am Ende des Ganges.

Beau öffnete die Tür und verbeugte sich vor Maja: „Wenn die Dame eintreten möchte."

„Spinner", erwiderte Maja und lief an ihm vorbei. „Krass", entfuhr es ihr.

Die Suite war in Kerzenlicht gehüllt. Frische Blumen standen auf einem festlich gedeckten Tisch. Sprachlos ging sie weiter und öffnete die nächste Tür. Sie blickte in ein großes Badezimmer mit eingelassenem Whirlpool. Auf dem Wasser schwammen kleine Schalen, auf denen Kerzen brannten.

Sie drehte sich zu Beau um und schüttelte den Kopf. „Bist du wahnsinnig geworden?"

„Keinesfalls meine Liebe", erwiderte dieser, „setz dich doch, das Essen dürfte gleich serviert werden."

Kaum hatte er das ausgesprochen, da klopfte es an der Tür und der Service meldete sich.

Die beiden nahmen Platz und zwei Kellner betraten die Suite. Sie schoben große Wagen vor sich her und tischten auf.

„Wir wünschen einen guten Appetit", sagte der eine Kellner und verließ dann mit seinem Kollegen das Zimmer.

„Auf dich Maja", sagte Beau und erhob sein Champagnerglas.

Sie prosteten sich zu und fingen langsam an zu essen.

‚Was hat der Kerl bloß vor?‘, dachte sie sich und versuchte, das erste Mal in ihrem Leben einen Hummer zu essen.

„Ich möchte dir etwas mitteilen“, begann Beau und sah sie ernst an.

„Okay, schieß los“, antwortete sie und dachte sich, ‚wenn der mir jetzt einen Heiratsantrag macht, fange ich an zu lachen.‘

„Wir beiden verstehen uns doch super“, begann Beau und versuchte die richtigen Worte zu finden, „was ich sagen will, wir arbeiten doch gut zusammen, verstehen uns privat.“

„Beau, was ist los, sag es doch einfach“, unterbrach ihn Maja ungeduldig.

„Ich habe vor, nach Deutschland zu ziehen und mich im Präsidium beworben. Die würden mich nehmen. Ich weiß nicht, wie sich das mit uns entwickelt“, redete Beau aufgeregt weiter, „dieses Gefühl hatte ich noch nie bei einer Frau. Aber ich würde es gerne versuchen.“

Maja ließ die Worte auf sich wirken, stand auf und umrundete den Tisch. Sie setzte sich auf seinen Schoß, nahm seinen Kopf in beide Hände und küsste ihn lange.

„Das ist eine tolle Idee von dir“, sagte sie mit leiser Stimme und sah ihm tief in die Augen, „ich könnte mir schon vorstellen, etwas Langfristiges mit dir zu beginnen."

„Das hört sich doch nach einem Plan an, oder?", erwiderte Beau mit krächzender Stimme. Diese versagte vor Aufregung.

„Wann sagen wir es Bernd?", fragte Maja und grinste.

„Am Montag reicht es vollkommen. Bis dahin sind wir beschäftigt", antwortete Beau und streichelte ihren Hals.

„So, sind wir das?", fragte Maja und küsste ihn wieder.

„Auf jeden Fall", sagte Beau, hob sie auf seine Arme und stand auf.

Er trug sie ins Schlafzimmer, gab der Tür einen Fußtritt und legte Maja aufs Bett. Verliebt sah sie ihn an und schloss dann entspannt die Augen.

ENDE

Der Autor

Frank Albers, 1971 in Rheine geboren, hat sich schon immer für Kriminalliteratur begeistert. Alles, was das Genre bietet, hat er verschlungen, und es ist nur folgerichtig, dass sein erster Krimi echte Typen und knisternde Spannung bietet. Der Vater von drei Söhnen lebt mit seiner Familie im ländlichen Münsterland und ist bereits Autor von erfolgreichen Kinder- und Jugendbuchreihen.